鵙屋《もずや》春琴《しゅんきん》女　樋口富麻呂《ひぐちとみまろ》画　1934(昭和9)年

▲撮影《さつえい》・渡辺義雄《わたなべよしお》

❶

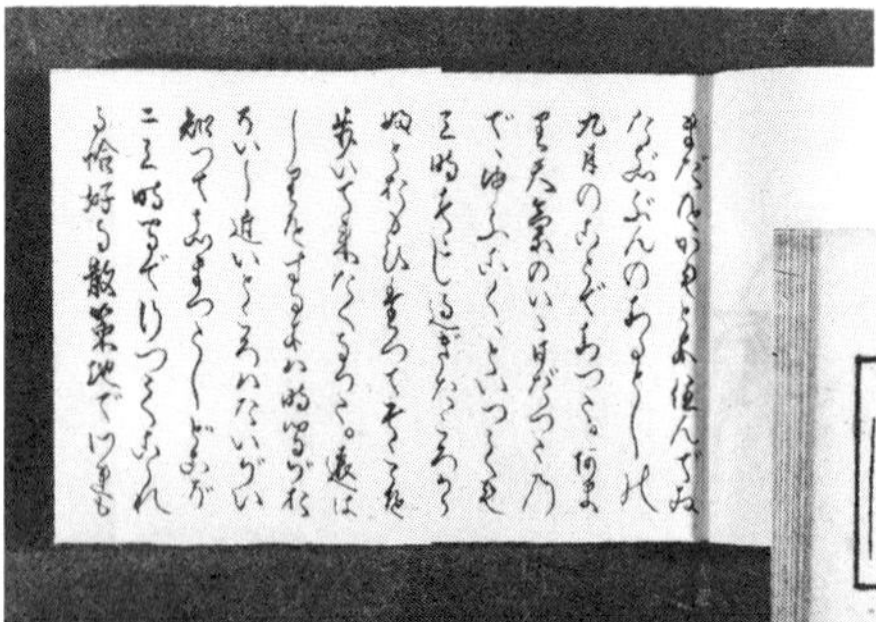

❷

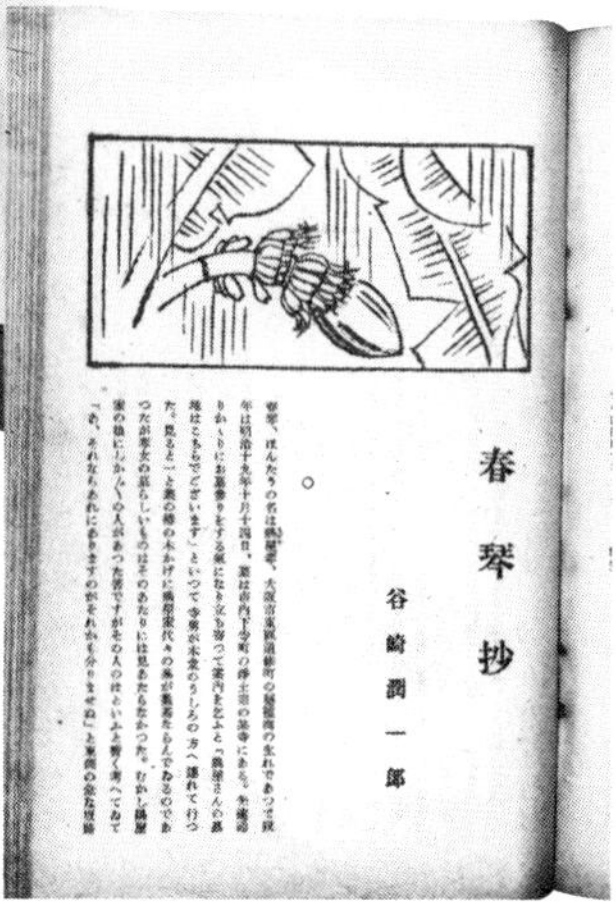

❸

❶谷崎潤一郎《たにざきじゅんいちろう》と松子《まつこ》夫人
一九三六（昭和一一）年

❷『蘆刈』自筆本
一九三三（昭和八）年刊

❸雑誌発表の『春琴抄』
（「中央公論」一九三三年六月号）

読んでおきたい日本の名作

春琴抄・蘆刈 ほか

谷崎潤一郎

教育出版

目次

§〈注〉の見出し語に◇印のあるものは、資料ページ（196）も参照。

春《しゅん》琴《きん》抄《しょう》

○

春琴《しゅんきん》、ほんとうの名は鵙屋琴《もずやこと》、大阪道修町《おおさかどしょうまち》の薬種商の生まれで没年《ぼつねん》は明治十九年十月十四日、墓は市内下寺町《したでらまち》の浄土《じょうど》宗の某《ぼう》寺にある。せんだって通りかかりにお墓参りをする気になり立ち寄って案内を乞《こ》うと「鵙屋さんの墓所はこちらでございます」といって寺男が本堂のうしろの方へ連れて行った。見るとひとむらの椿《つばき》の木かげに鵙屋家代々の墓が数基ならんでいるのであったが琴女《ことじょ》の墓らしいものはそのあたりには見あたらなかった。むかし鵙屋家の娘《むすめ》にしかじかの人があったはずですがその人のはというと暫《しばら》く考えていて「それならあれにありますのがそれかもわかりませぬ」と東側の急な坂路《さかみち》になっている段々の上へ連れて行く。知っての通り下寺町の東側のうしろには生国魂《いくたま》神社のある高台がそびえているので今いう急な坂路は寺の境内《けいだい》からその高台へつづく斜面《しゃめん》なのであるが、そこは大阪にはちょっと珍《めずら》しい樹木の繁《しげ》った場所であって琴女の墓はその斜面の中腹を平らにしたささやかな空地に建っていた。光誉春琴恵照禅定尼《ぜんじょうに》、と、墓石の表面に法名《ほうみょう》を記し裏面に俗《ぞく》

道修町　大阪市東区道修町。江戸《えど》時代から薬を商う店が集まり、豪《ごう》商も多い。

生国魂神社　大阪市天王寺区生玉町にある神社。

名《みょう》鵙屋《もずや》琴《こと》、号春琴、明治十九年十月十四日没《ぼつ》、行年《ぎょうねん》五拾八歳《さい》とあって、側面に、門人温井佐助建之《ぬくいさすけこれをたつ》と刻してある。琴女《ことじょ》は生涯《しょうがい》鵙屋姓《せい》を名のっていたけれども「門人」温井検校《けんぎょう》と事実上の夫婦生活をいとなんでいたのでかく鵙屋家の墓地と離《はな》れたところへ別に一基を選んだのであろうか。寺男の話では鵙屋の家はとうに没落《ぼつらく》してしまい近年は稀《まれ》に一族の者がお参りに来るだけであるがそれも琴女の墓を訪《おとな》うことはほとんどないのでこれが鵙屋さんの身内のお方のものであろうとは思わなかったという。するとこの仏さまは無縁《むえん》になっているのですかというと、いえ無縁という訳ではありませぬ萩《はぎ》の茶屋の方に住んでおられる七十恰好《かっこう》の老婦人が年に一二度お参りに来られます、そのお方はこのお墓へお参りをされて、それから、それ、ここに小さなお墓があるでしょうと、その墓の左脇《わき》にある別な墓を指し示しながらきっとそのあとでこのお墓へも香華《こうげ》を手向《たむ》けて行かれますお経料《きょうりょう》などもそのお方がお上げになりますという。寺男が示した今の小さな墓標の前へ行って見ると石の大きさは琴女の墓の半分くらいである。表面に真誉琴台正道信士と刻し裏面に俗名温井佐助、号琴台、鵙屋春琴門人、明治四十年十月十四日没、行年八拾

行年
人が死んだときの年齢《ねんれい》。

検校
室町《むろまち》時代に組織された琵琶《びわ》、三弦《さんげん》等の団体である。当道の、最高の官位。当道は明治四（一八七一）年に廃止《はいし》されたが、地唄の階級として残った。

萩の茶屋
大阪市西成《にしなり》区にある地名。

三歳とある。すなわちこれが温井検校の墓であった。萩の茶屋の老婦人というのは後に出てくるからここには説くまいただこの墓が春琴の墓にくらべて小さくかつその墓石に門人である旨《むね》を記して死後にも師弟の礼を守っているところに検校の遺志《いし》がある、私は、おりから夕日が墓石の表にあかあかと照っているその丘《おか》の上にたたずんで脚下《きゃっか》にひろがる大大阪《だいおおさか》市の景観を眺《なが》めた。けだしこのあたりは難波津《なにわづ》の昔からある丘陵《きゅうりょう》地帯で西向きの高台がここからずっと天王寺《てんのうじ》の方へ続いている。そして現在では煤煙《ばいえん》で痛めつけられた木の葉や草の葉に生色がなく埃《ほこり》まびれに立ち枯《か》れた大木が殺風景な感じを与《あた》えるがこれらの墓が建てられた当時はもっと鬱蒼《うっそう》としていたであろうし今も市内の墓地としてはまずこの辺が一番閑静《かんせい》で見晴らしのよい場所であろう。奇《く》しき因縁《いんねん》に纏《まと》われた二人の師弟は夕靄《ゆうもや》の底に大ビルディングが数知れず屹立《きつりつ》する東洋一の工業都市を見下ろしながら、永久にここに眠《ねむ》っているのである。それにしても今日の大阪は検校が在りし日の俤《おもかげ》をとどめぬまでに変わってしまったがこの二つの墓石のみは今も浅からぬ師弟の契《ちぎ》りを語り合っているように見える。元来温井検校の家は日蓮《にちれん》宗であって検校を除く温井一家の墓は検校《けんぎょう》の故郷江州《ごうしゅう》日野町の某寺《ぼうじ》にある。しかるに検校が父祖代々の宗旨《しゅうし》を捨てて浄土《じょうど》宗に換《か》えたのは墓になっても春琴女《じょ》のそばを離《はな》れまいという殉情《じゅんじょう》から出たもので、春琴女の存生中、早く既《すで》に師弟の法名《ほうみょう》、この二つの墓石の位置、釣合《つりあ》い等が定められてあったという。目分量で測ったところでは春琴女の墓石は高さ約六尺検校のは四尺に足らぬほどであろうか。二つは低い石《いし》甃《だたみ》の壇《だん》の上に並んで立っていて春琴女の墓の右脇《みぎわき》に一《ひ》と本《もと》の松が植えてあり緑の枝が墓石の上へ屋根のように伸《の》びているのであるが、その枝の先が届かなくなった左の方の二三尺離れたところに検校の墓が*鞠躬如《きっきゅうじょ》として侍坐《じざ》するごとく控《ひか》えている。それを見ると生前検校がまめまめしく師につかえて影の形に添《そ》うように扈従《こしょう》していたありさまが偲《しの》ばれあたかも石に霊《れい》があって今日もなおその幸福を楽しんでいるようである。私は春琴女の墓前に跪《ひざまず》いて恭《うやうや》しく礼をした後検校の墓石に手をかけてその石の頭を愛撫《あいぶ》しながら夕日が大市街の彼方《かなた》に沈《しず》んでしまうまで丘《おか》の上に低徊《ていかい》していた

○

江州　近江《おうみ》のこと。今の滋賀《しが》県。

六尺　一尺は約三〇・三センチメートル。

鞠躬如　身をかがめて敬いつつしむさま。

扈従　高い身分の人のお供をすること。

低徊　ゆっくり歩き回ること。

近ごろ私の手に入れたものに「鵙屋《もずや》春琴《しゅんきん》伝」という小冊子がありこれが私の春琴女を知るに至った端緒《たんしょ》であるがこの書は生《き》漉《ず》きの和紙へ四号活字で印刷した三十枚ほどのもので察するところ春琴女の三回忌に弟子《でし》の検校が誰《だれ》かに頼《たの》んで師の伝記を編ませ配り物にでもしたのであろう。されば内容は文章体で綴《つづ》ってあり検校のことも三人称《しょう》で書いてあるけれども恐《おそ》らく材料は検校が授けたものに違《ちが》いなくこの書のほんとうの著者は検校その人であると見て差し支《つか》えあるまい。伝によると「春琴の家は代々鵙屋安左衛門《やすざえもん》を称し、大阪《おおさか》道修町《どしやうまち》に住して薬種商を営む。春琴の父に至りて七代目也《なり》。母しげ女は京都麩屋町《ふやちやう》の跡部《あとべ》氏の出にして安左衛門に嫁《か》し二男四女を挙ぐ。春琴はその第二女にして文政《ぶんせい》十二年五月二十四日を以《もっ》て生まる」とある。また曰《いわ》く、「春琴幼にして穎悟《えいご》、加ふるに容姿端麗《たんれい》にして高雅《こうが》なること譬《たと》へんに物なし。四歳《さい》の頃《ころ》より舞《まひ》を習ひけるに挙措《きよそ》進退《しんたい》の法自《おのづ》から備はりてさす手ひく手の優艶《いうえん》なること舞妓《まひこ》も及《およ》ばぬ程《ほど》なりければ、師もしばしば舌を巻きて、あはれこの児《こ》、この材と質とを以《もっ》てせば天下に嬌名《けうめい》を謳《うた》はれんこと期して待つべきに、良家の子女に生まれたるは幸とや云《い》はん不幸とや云はんと呟《つぶや》きしとかや。又《また》早く

生漉き　こうぞ・みつまた・がんぴなどを用い、他の物を混ぜないで紙を作ること。

文政十二年　一八二九年。

穎悟　才知が優《すぐ》れて、賢《かしこ》いこと。

嬌名　なまめいて美しいという評判。芸者などが売れて名高くなったときに使う。

より読み書きの道を学ぶに上達頗《すこぶ》る速《すみや》かにして二人の兄をさへ凌駕《りようが》したりき」と。これらの記事が春琴を視《み》ること神のごとくであったらしい検校《けんぎょう》から出たものとすればどれほど信を置いてよいかわからないけれども彼女《かのじょ》の生まれつきの容貌《ようぼう》が「端麗《たんれい》にして高雅《こうが》」であったことはいろいろな事実から立証される。当時は婦人の身長がいったいに低かったようであるが彼女も身の丈《たけ》が五尺に充《み》たず顔や手足の道具が非常に小作りで繊細《せんさい》をきわめていたという。今日伝わっている春琴女《じょ》が三十七歳《さい》の時の写真というものを見るのに、輪郭《りんかく》の整った瓜実《うりざね》顔に、一つ一つ可愛《かわい》い指で摘《つ》まみ上げたような小柄《こがら》な今にも消えてなくなりそうな柔《やわ》らかな目鼻《めはな》がついている。何分にも明治《めいじ》初年か慶応《けいおう》ころの撮影《さつえい》であるからところどころに星が出たりして遠い昔の記憶《きおく》のごとくうすれているのでそのためにそう見えるのでもあろうが、その朦朧《もうろう》とした写真では大阪《おおさか》の富裕《ふゆう》な町家の婦人らしい気品を認められる以外に、うつくしいけれどもこれという個性の閃《ひら》めきがなく印象の稀薄《きはく》な感じがする。年恰好《かっこう》も三十七歳といえばそうも見えまた二十七八歳のようにも見えなくはない。この時の春琴女はすでに両眼の明を失ってから二十有余年の後であるけれども盲《もう》

星が出たり
変色して小さい斑点《はんてん》が出ていること。

目《もく》というよりは目をつぶっているという風に見える。かつて佐藤春夫《さとうはるお》が言ったことに聾者《ろうしゃ》は愚人《ぐじん》のように見え盲人《もうじん》は賢者《けんじゃ》のように見えるという説があった。なぜならつんぼは人の言うことを聴《き》こうとして眉《まゆ》をしかめ眼《め》や口を開け首を傾《かたむ》けたり仰向《あおむ》けたりするのでなんとなく間の抜《ぬ》けたところがあるしかるに盲人はしずかに端坐《たんざ》して首をうつ向け、瞑目沈思《めいもくちんし》するかのごとき様子をするからいかにも考え深そうに見えるというのであって果たして一般に当てはまるかどうかわからないがそれは一つには仏菩薩《ぶつぼさつ》の眼、慈眼視衆生《じげんじしゅじょう》という慈眼なるものは半眼《はんがん》に閉じた眼であるからそれを見なれているわれわれは開いた眼よりも閉じた眼のほうに慈悲《じひ》や有難《ありがた》みを覚えある場合には畏《おそ》れを抱《いだ》くのであろうか。されば春琴女の閉じた眼瞼《まぶた》にもそれがとりわけ優《やさ》しい女人であるせいか古い絵像の観世音《かんぜおん》を拝んだようなほのかな慈悲《じひ》を感ずるのである。聞くところによると春琴女の写真は後にも先にもこれ一枚しかないのであるという彼女が幼少のころはまだ写真術が輸入されておらずまたこの写真を撮《と》った同じ年に偶然《ぐうぜん》ある災難が起こりそれより後は決して写真などを写さなかったはずであるから、われわれはこの朦朧たる一枚の映像をたよりに彼女

佐藤春夫 (一八九二～一九六四)詩人・小説家。

慈眼視衆生 いつくしみ深い眼《め》で生命あるものを見守っていること。観世音《かんぜおん》菩薩についていうことが多い。

の風貌《ふうぼう》を想見するより仕方がない。読者は上述の説明を読んでどういう風な面立《おもだ》ちを浮《う》かべられたか恐《おそ》らく物足りないぼんやりしたものを心に描《えが》かれたであろうが、仮に実際の写真を見られても格別これ以上にはっきりわかるということはなかろう或《あるい》は写真の方が読者の空想されるものよりもっとぼやけているでもあろう。考えてみると彼女《かのじょ》がこの写真をうつした年すなわち春琴女《じょ》が三十七歳《さい》の折に検校《けんぎょう》もまた盲人《もうじん》になったのであって、検校がこの世で最後に見た彼女の姿はこの映像に近いものであったかと思われる。すると晩年の検校が記憶《きおく》の中に存していた彼女の姿もこの程度にぼやけたものではなかったであろうか。それとも次第《しだい》にうすれ去る記憶を空想で補っていくうちにこれとは全然異なった一人の別な貴《とうと》い女人を作り上げていたであろうか

○

春琴伝《しゅんきんでん》は続けて曰《いわ》く、「されば両親も琴女《ことぢょ》を視《み》ること掌中《しやうちゆう》の珠《たま》の如《ごと》く、五人の兄妹達《たち》に超《こ》えて唯《ひと》りこの児《こ》を寵愛《ちようあい》しけるに、琴女九歳の時不幸にして眼《がん》疾《しつ》を得《え》、幾《いく》ばくもなくして遂《つひ》に全く両眼《りやうがん》の明を失ひければ、父母の悲歎《ひたん》大方な

らず、母は我《わ》が児の不憫《ふびん》さに天を恨《うら》み人を憎《にく》みて一時狂《きやう》せるが如《ごと》くなりき。春琴これより舞技《ぶぎ》を断念して専《もつぱ》ら琴三絃《ことさんげん》の稽古《けいこ》を励《はげ》み、糸竹《しちく》の道を志《こころざ》すに至りぬ」と。春琴の眼疾というのは何であったか明らかでなく伝にもこれ以上の記載《きさい》がないが後に検校が人に語ってまことに喬木《きょうぼく》は風に妬《ねた》まれるとやら、お師匠《ししょう》さまはご器量《きりょう》や芸能が諸人《しょじん》にすぐれておられたばかりに一生のうちに二度までも人の嫉《ねた》みをお受けなされたお師匠さまのご不運は全くこの二度のご災難のお蔭《かげ》じゃと言ったのを思い合わせれば、何かその間に事情が伏在《ふくざい》するようでもある。検校はまたお師匠さまのは風眼《ふうがん》であったとも言った。春琴女は甘《あま》やかされて育ったために驕慢《きょうまん》なところはあったけれども言語動作が愛《あい》嬌《きょう》に富み目下の者への思いやりが深く加うるに至って花やかな陽気な性質であったから、人あたりもよく兄弟仲も睦《むつま》じく一家中の者に親しまれたが一番末の妹に付いていた乳母《うば》が両親の愛情の偏頗《へんぱ》なのを憤《いきどお》って密《ひそ》かに琴女を憎《にく》んでいたという。風眼というものは人も知るごとく花柳《かりゅう》病の黴菌《ばいきん》が眼の粘膜《ねんまく》を侵《おか》す時に生ずるのであるから検校の意は、けだしこの乳母がある手段をもって彼女を失明させたことを諷《ふう》するのである。しかし確かな根拠《こんきょ》があって

糸竹の道
糸と竹はそれぞれ弦楽器と管楽器を指す。音楽の道のこと。

喬木
高い木。年数を経た大きな木。

風眼
膿漏眼《のうろうがん》の俗称。淋菌《りんきん》が眼《め》に入って起こる急性結《けつ》膜炎《まくえん》。

驕慢
おごりたかぶって人をあなどる。

そう思うのか検校《けんぎょう》一人だけの想像説であるのか明瞭《めいりょう》でない。春琴女《じょ》が後年の烈《はげ》しい気象を見ればあるいはそういう事実が性格に影響《えいきょう》を及《およ》ぼしたのかとも猜《さい》せられなくはないがこのことに限らず検校の説には春琴女の不幸を歎《なげ》くあまり知らずしらず他人を傷つけ呪《のろ》うような傾《かたむ》きがありにわかにことごとくを信ずる訳に行かない乳母《うば》の一件なども恐《おそ》らくは揣摩臆測《しまおくそく》に過ぎないであろう。要するにここではあえて原因を問わずただ九歳《さい》の時に盲目《もうもく》になったことを記せば足りる。そして「これより舞技《ぶぎ》を断念して専《もっぱ》ら琴三絃《ことさんげん》の稽古《けいこ》を励《はげ》み、糸竹《しちく》の道を志《こころざ》」した。つまり春琴女が思いを音曲《おんぎょく》にひそめるようになったのは失明した結果だということになり彼女《かのじょ》自身も自分のほんとうの天分は舞《まい》にあった、わたしの琴や三味線《しゃみせん》を褒《ほ》める人があるのはわたしというものを知らないからだ眼《め》さえ見えたら自分は決して音曲の方へは行かなかったのにと常に検校に述懐《じゅっかい》したという。これは半面に自分の不得意な音曲でさえこのくらいにできるという風に聞こえ彼女の驕慢《きょうまん》な一端《いったん》が窺《うかが》われるがこの言葉なども多少検校の修飾《しゅうしょく》が加わっていはしないか少なくとも彼女が一時の感情に任せて発した言葉を有難《ありがた》く肝《きも》に銘《めい》じて聞き、彼女を偉《えら》くするために重大な意味を

揣摩臆測
他人の心をはっきりした根拠《こんきょ》もなく、推測すること。

持たせたきらいがありはしないか。前掲《ぜんけい》の萩《はぎ》の茶屋に住んでいる老婦人というのは鴫沢《しぎさわ》てるといい生田《いくた》流の勾当《こうとう》で晩年の春琴と温井《ぬくい》検校に親しく仕えた人であるがこの勾当の話を聞くに、お師匠《ししょう》さま（春琴のこと）は舞がお上手だったそうにござりますが琴や三味線も五つ六つの時分から春松という検校さんに手ほどきをしておもらいなされそれからずっと稽古を励んでおられました、それゆえ盲目になってから始めて音曲を習われたのではないのでござります、よいお内《うち》の娘《とう》さん方はみな早くから遊芸《ゆうげい》のけいこをされますのがそのころの習慣でござりましたお師匠さまは十の歳《とし》にあのむずかしい「残月《ざんげつ》」の曲を聞き覚えて独《ひと》りで三味線にお取りなされたと申しますそうしてみれば音曲の方にも生まれつきの天才を備えておられたのでござりましょうなかなか凡人《ぼんじん》にはまねられぬことでござりますただ盲目になられてからは外に楽しみがござりませぬので一層《いっそう》深くこの道へおはいりなされ、精魂《せいこん》を打ちこまれたのかとぞんじますとのことである。多分この説の方がほんとうなので彼女の真の才能は実は始めより音楽に存したのであろう舞踊《ぶよう》の方は果たしてどの程度であったか疑わしく思われる

生田流　箏曲《そうきょく》の流派のひとつ。主として関西に流行した。

勾当　当道で、検校、別当に継ぐ官名。当道廃止後は地唄の階級として残った。

娘さん　女子の敬称。お嬢《じょう》さん。

残月　地唄《じうた》。江戸《えど》後期に大阪《おおさか》で著名だった峰崎《みねざき》勾当が弟子《でし》の死を悼《いた》んで作った曲。

○

音曲《おんぎょく》の道に精魂《せいこん》を打ちこんだとはいうものの生計の心配をする身分ではないから最初はそれを職業にしようというほどの考えはなかったであろう後に彼女《かのじょ》が琴曲《きんきょく》の師匠《ししょう》として門戸を構えたのは別種の事情がそこへ導いたのであり、そうなってからでもそれで生計を立てたのではなく月々道修町《どしょうまち》の本家から仕送る金子《きんす》の方が比較にならぬほど多額だったのであるが、彼女の驕奢《きょうしゃ》と贅沢《ぜいたく》とはそれでも支えきれなかった。されば始めは格別将来の目算もなくただ好きにまかせて一生懸命《けんめい》に技《わざ》をみがいたのであろうが天稟《てんぴん》の才能に熱心が拍車《はくしゃ》をかけたので、「十五歳《さい》の頃《ころ》春琴《しゅんきん》の技大いに進みて儕輩《せいはい》を抽《ぬき》んで、同門の子弟にして実力春琴に比肩《ひけん》する者一人もなかりき」とあるのは恐《おそ》らく事実であろう。鴫沢勾当曰《しぎさわこうとういわ》くお師匠さまがいつも自慢《じまん》をされましたのに春松検《けん》校《ぎょう》は随分稽古《ずいぶんけいこ》が厳しいお方だったけれど、わたしは身に沁《し》みて叱《しか》られたということがなかった褒《ほ》められたことの方が多かった、私が行くとお師匠さんは必ずご自分で稽古をつけてくだされそれはそれは親切に優《やさ》しく教えてくださ

驕奢　心がおごって、ぜいたくをすること。
天稟　生まれつきの、優《すぐ》れた才能。
儕輩　なかま。同輩。

るのでお師匠さんを怖《こわ》がる人たちの気が知れなんだということでございます、でございますから修行《しゅぎょう》の苦しみというものを知らずにあれまでにおなりなされたのは天品《てんぴん》だったのでございましょうと。けだし春琴は鵙屋《もずや》のお嬢様《じょうさま》であるからいかに厳格な師匠でも芸人の児《こ》を仕込《しこ》むような烈《はげ》しい待遇《たいぐう》をする訳に行かない幾分《いくぶん》か手心を加えたのであろうその間にはまた、千金の家に生まれながら不幸にして盲目《もうもく》となった可憐《かれん》な少女を庇護《ひご》する感情もあったろうけれども何よりも師の検校は彼女の才を愛し、それに惚《ほ》れ込《こ》んだのであった。彼《かれ》は我《わ》が児以上に春琴の身を案じたまたま微恙《びよう》で欠席する等のことがあれば直ちに使いを道修町に走らせあるいは自ら杖《つえ》を曳《ひ》いて見舞《ま》った。常に春琴を弟《で》子《し》に持っていることを誇《ほこ》りとして人に吹聴《ふいちょう》し玄人筋《くろうとすじ》の門弟たちが大勢集まっている所でお前たちは鵙屋のこいさんの芸を手本とせよ〔注、大阪《おおさか》では「お嬢さん」のことを「糸《いと》さん」あるいは「とうさん」といい姉娘《むすめ》に対して妹娘を「小糸《こいと》さん」あるいは「こいさん」などと呼び分けること現在も然《しか》り。春松検校は春琴の姉にも手ほどきをしたことあり家庭的に親しかったので春琴をかく呼んだのであろう〕今に腕《うで》一本で食べていかなければならない者が

微恙　軽い病気。

素人《しろうと》のこいさんに及《およ》ばないようでは心細いぞといった。また春琴をいたわり過ぎるという批難《ひなん》があった時何をいうぞ師たる者が稽古《けいこ》をつけるには厳しくするこそ親切なのじゃわしがあの児《こ》を叱《しか》らぬのはそれだけ親切が足らぬのじゃあの児は天性芸道に明るく悟《さと》りが速いから捨てておいても進むところまでは進む本気でたたきこんだらばいよいよ後生畏《おそ》ろしい者になり本職の弟子《でし》どもが困るであろう、何も結構な家に生まれて世過ぎに不自由のない娘《むすめ》をそれほどに教えこまずとも鈍根《どんこん》の者をこそ一人前に仕立ててやろうと力こぶを入れているのに、なんという心得違《ちが》いをいうぞといった

○

春松検校《けんぎょう》の家は靱《うつぼ》にあって道修町《どしょうまち》の鵙屋《もずや》の店からは十丁ほどの距離《きょり》であったが春琴《しゅんきん》は毎日丁稚《でっち》に手をひかれて稽古に通ったその丁稚というのが当時佐助《さすけ》といった少年で後の温井《ぬくい》検校であり、春琴との縁《えん》がかくして生じたのである。佐助は前に述べたごとく江州《ごうしゅう》日野《ひの》の産であって実家はやはり薬屋を営み彼《かれ》の父も祖父も見習い時代に大阪《おおさか》に出て鵙屋に奉公《ほうこう》をしたことがある

靱　大阪市西区にある地名。現在の靱公園のあたり。

十丁　丁は距離の単位で、一丁は約一〇九メートル。

丁稚　昔、商店などで下働きをしながら仕事を学んだ年少の奉公人のこと。

という鵙屋は実に佐助にとって累代《るいだい》の主家であった。春琴より四つ歳上《としうえ》で十三歳《さい》の時に始めて奉公に上がったのであるから春琴が九つの歳《とし》すなわち失明した歳に当たるが彼が来た時はすでに春琴の美しい瞳《ひとみ》が永久にとざされた後であった。佐助はこのことを、春琴の瞳の光を一度も見なかったことを後年に至るまで悔《く》いていないかえって幸福であるとした。もし失明以前を知っていたら失明後の顔が不完全なものに見えたろうけれども幸い彼は彼女《かのじょ》の容貌《ようぼう》に何一つ不足なものを感じなかった最初から円満具足《えんまんぐそく》した顔に見えた。今日大阪の上流の家庭は争って邸宅《ていたく》を郊外《こうがい》に移し令嬢《れいじょう》たちもまたスポーツに親しんで野外の空気や日光に触《ふ》れるから以前のような深窓《しんそう》の佳人《かじん》式箱入り娘はいなくなってしまったが現在でも市中に住んでいる子供たちは一般に体格が繊《せん》弱《じゃく》で顔の色なども概《がい》して青白い田舎《いなか》育ちの少年少女とは皮膚《ひふ》の冴《さ》え方が違《ちが》う良《よ》くいえば垢抜《あかぬ》けがしているが悪くいえば病的である。これは大阪に限ったことでなく都会の通有性だけれども江戸《えど》では女でも浅黒いのを自慢《じまん》にしたくらいで色の白さは京阪《けいはん》に及ばない大阪の旧家に育ったぼんちなどは男でさえ芝居《しばい》に出てくる若旦那《わかだんな》そのままにきゃしゃで骨細《ほねぼそ》なのがあり、三十歳前後に

累代
何代も重なること。

円満具足
足りないものがなく、すべてにわたって満足がゆくさま。

ぼんち
男の子の敬称。坊《ぼっ》ちゃん。

至って始めて顔が赭《あか》く焼けてきて脂肪《しぼう》をたたえ急に体が太りだして紳士然たる貫禄を備えるようになるその時分までは全く婦女子も同様に色が白く衣服の好みも随分柔弱《ずいぶんにゅうじゃく》なのである。まして旧幕《きゅうばく》時代の豊かな町人の家に生まれ、非衛生的な奥深《おくぶか》い部屋《へや》に垂れ籠《こ》めて育った娘《むすめ》たちのすきとおるような白さと青さと細さとはどれほどであったか田舎《いなか》者の佐助少年の眼《め》にそれがいかばかり妖《あや》しく艶《えん》に映ったか。この時春琴の姉が十二歳《さい》直《す》ぐ下の妹が六歳で、ぽっと出の佐助にはいずれも鄙《ひな》には稀《まれ》な少女に見えた分けても盲目《もうもく》の春琴の不思議な気韻《きいん》に打たれたという。春琴の閉《と》じた眼瞼《まぶた》が姉妹《しまい》たちの開いた瞳《ひとみ》より明るくも美しくも思われてこの顔はこれでなければいけないのだこうあるのが本来だという感じがした。四人の姉妹のうちで春琴が最も器量《きりょう》よしという評判が高かったのは、たといそれが事実だとしても幾分《いくぶん》か彼女《かのじょ》の不具を憐《あわ》れみ惜《お》しむ感情が手伝っていたであろうが佐助に至ってはそうでなかった。後日佐助は自分の春琴に対する愛が同情や憐愍《れんびん》から生じたという風にいわれることを何よりも厭《いと》いそんな観察をする者があると心外千万《しんがいせんばん》であるとした。わしはお師匠《ししょう》様のお顔を見てお気の毒とかお可哀《かわい》そうとか思ったことは一遍《いっぺん》も

旧幕時代　徳川幕府の時代。

鄙　田舎。

気韻　けだかい趣《おもむき》。気品。

ないぞお師匠様に比べると眼明《あ》きの方がみじめだぞお師匠様があのご気象とご器量でなんで人の憐れみを求められよう佐助どんは可哀そうじゃとかえってわしを憐れんでくだすったものじゃ、わしやお前たちは眼鼻《めはな》がそろっているだけで外のことは何一つお師匠様に及《およ》ばぬわしたちの方が片羽《かたわ》ではないかと言った。ただしそれは後の話で佐助は最初燃えるような崇拝《すうはい》の念を胸の奥《おく》底《そこ》に秘めながらまめまめしく仕えていたのであろうまだ恋愛《れんあい》という自覚はなかったであろうし、あっても相手は頑是《がんぜ》ないこいさんである上に累代《るいだい》の主家のお嬢様《じょうさま》である佐助としてはお供の役を仰《おお》せつかって毎日一緒に道を歩くことのできるのがせめてもの慰《なぐさ》めであっただろう。いったい新参《しんざん》の少年の身をもって大切なお嬢様の手曳《てひ》きを命ぜられたというのは変なようだが始めは佐助に限っていたのではなく女中がついて行くこともあり外の小僧《こぞう》や若僧《わかぞう》が供をすることもありいろいろであったのをある時春琴が「佐助どんにしてほしい」といったのでそれから佐助の役にきまったそれは佐助が十四歳になってからである。彼《かれ》は無上の光栄に感激しながらいつも春琴の小さな掌《てのひら》を己《おのれ》の掌の中に収めて十丁の道のりを春松検校《けんぎょう》の家に行き稽古《けいこ》の済むのを待って再び

頑是ない　幼くて無邪気《むじゃき》な様子。

連れて戻《もど》るのであったが途中春琴はめったに口をきいたことがなく、佐助もお嬢様《じょうさま》が話しかけてこない限りは黙々《もくもく》としてただ過《あやま》ちのないように気を配った。春琴は「なんでこいさんは佐助どんがええお言いでしたんでっか」と尋《たず》ねる者があった時「誰《だれ》よりもおとなしゅうていらんこと言えへんよって」と答えたのであった。元来彼女《かのじょ》は愛嬌《あいきょう》に富み人あたりが良かったことは前に述べた通りだけれども失明以来気むずかしく陰鬱《いんうつ》になり晴れやかな声を出すことや笑うことが少なく口が重くなっていたので、佐助が余計なおしゃべりをせず役目だけを大切に勤めて邪魔《じゃま》にならぬようにしているところが気に入ったのであるかもしれない〔佐助は彼女の笑う顔を見るのが厭《いや》であったというけだし盲人《もうじん》が笑う時は間がぬけて哀《あわ》れに見える佐助の感情ではそれが堪《た》えられなかったのであろう〕

○

おしゃべりをしないから邪魔にならぬからというのが果たして春琴《しゅんきん》の真意であったか佐助《さすけ》の憧憬《どうけい》の一念がおぼろげに通じて子供ながらもそれを嬉《うれ》しく

思ったのではなかったか十歳《さい》の少女にそういうことはありえないとも考えられるが、俊敏《しゅんびん》で早熟《そうじゅく》の上に盲目《もうもく》になった結果として第六感の神経が研《と》ぎ澄《す》まされてもいたことを思うと必ずしもとっぴな想像であるとはいえない気《き》位《ぐらい》の高い春琴は後に恋愛《れんあい》を意識するようになってからでも容易に胸中を打ち明けず久しい間佐助に許さなかったのである。さればそこに多少の疑問はあるけれどもとにかくはじめ佐助というものの存在はほとんど春琴の念頭にないかのごとくであった少なくとも佐助にはそう見えた。手曳《てひ》きをする時佐助は左の手を春琴の肩《かた》の高さに捧《ささ》げて掌《てのひら》を上に向けそれへ彼女の右の掌を受けるのであったが春琴には佐助というものが一つの掌に過ぎないようであったたまたま用をさせる時にもしぐさで示したり顔をしかめてみせたり謎《なぞ》をかけるようにひとりごとを洩《も》らしたりしてどうせよこうせよとはっきり意志を言い現すことはなく、それを気がつかずにいると必ず機嫌《きげん》が悪いので佐助は絶えず春琴の顔つきや動作を見落とさぬように緊張《きんちょう》していなければならずあたかも注意深さの程度を試《ため》されているように感じた。もともと我《わ》がままなお嬢様育ちのところへ盲人に特有な意地悪さも加わって片時も佐助に油断《ゆだん》するひまを与《あた》えなかった。ある時春松検校《けんぎょう》の家で稽古《けいこ》の順番がまわってくるのを待っている間にふと春琴の姿が見えなくなったので佐助が驚《おどろ》いてその辺を捜《さが》すと知らぬ間に厠《かわや》に行っているのであった。いつも小用《こよう》に立つ時には黙《だま》って春琴が出て行くのをそれと察して追いかけながら戸口まで手を曳《ひ》いて連れて行き、そこに待っていて手水《ちょうず》の水をかけてやるのに今日は佐助がうっかりしていたのでそのまま独《ひと》り手さぐりで行ったのである。「済まんことでござりました」と佐助は声をふるわせながら、厠から出て手水鉢《ばち》の柄杓《ひしゃく》を取ろうと手を伸ばしている少女の前にかけて来て言ったが春琴は「もうええ」と言いつつ首を振《ふ》った。しかしこういう場合「もうええ」といわれても「そうでござりますか」と引き退《さが》っては一層《いっそう》後がいけないのである無理にも柄杓をもぎ取るようにして水をかけてやるのがコツなのである。またある夏の日の午後に順番を待っている時うしろに畏《かしこ》まって控《ひか》えていると「暑い」と独りごとを洩《も》らした「暑うござりますなあ」とおあいそを言ってみたがなんの返事もせずしばらくするとまた「暑い」という、心づいてありあわせた団扇《うちわ》を取り背中の方からあおいでやるとそれで納得《なっとく》したようであったが少しでもあおぎ方が気が抜《ぬ》けるとすぐ「暑い」を繰《く》り返した。春琴の強情《ごうじょう》と気ままとはかくのごとくであったけれども特に佐助に対する時がそうなのであっていずれの奉《ほう》公人《こうにん》にもという訳ではなかった元来そういう素質があったところへ佐助が努めて意を迎《むか》えるようにしたので、彼に対してのみその傾向《けいこう》が極端になっていったのである彼女《かのじょ》が佐助を最も便利に思った理由もここにあるのであり佐助もまたそれを苦役《くえき》と感ぜずむしろ喜んだのであった彼女の特別な意地悪さを甘《あま》えられているように取り、一種の恩寵《おんちょう》のごとくに解したのでもあろう

○

春松検校が弟子《でし》に稽古をつける部屋《へや》は奥《おく》の中二階にあったので佐助《さすけ》は番がまわってくると春琴《しゅんきん》を導いて段梯子《ばしご》を上り検校とさし向かいの席に直《なお》らせて琴《こと》なり三味線《しゃみせん》なりをその前に置き、いったん控え室へ下がって稽古の終わるのを待ち再び迎えに行くのであるが待っている間ももう済むころかと油断《ゆだん》なく耳を立てていて済んだら呼ばれないうちに直《ただ》ちに立って行くようにしたされば春琴の習っている音曲《おんぎょく》が自然と耳につくようになるのも道理である佐助

恩寵
神や君主から与えられた恵《めぐ》み。いつくしみ。

の音楽趣味《しゅみ》はかくして養われたのであった。後年一流の大家になった人であるから生まれつきの才能もあったろうけれどももし春琴に仕える機会を与《あた》えられずまた何かにつけて彼女《かのじょ》に同化しようとする熱烈《ねつれつ》な愛情がなかったならば、恐《おそ》らく佐助は鵙屋《もずや》の暖簾《のれん》を分けてもらい一介《いっかい》の薬種商として平凡《へいぼん》に世を終わったであろう後年盲目《もうもく》となり検校《けんぎょう》の位を称《しょう》してからも常に自分の技《わざ》は遠く春琴に及ばずとなし全くお師匠《ししょう》様の啓発《けいはつ》によってここまで来たのであるといっていた。春琴を九天《きゅうてん》の高さに持ち上げ百歩も二百歩もへりくだっていた佐助であるからかかる言葉をそのまま受け取る訳にはいかないが、技の優《ゆう》劣《れつ》はとにかくとして春琴の方がより天才肌《はだ》であり佐助は刻苦精励《こっくせいれい》する努力家であったことだけはまちがいがあるまい。彼《かれ》が密《ひそ》かに一挺《いっちょう》の三味線《しゃみせん》を手に入れようとして主家から給される時々の手あてや使い先でもらう祝儀《しゅうぎ》などを貯金しだしたのは十四歳《さい》の暮れであって翌年の夏ようよう粗末《そまつ》な稽古三味線《けいこじゃみせん》を買い求めると番頭に見とがめられぬように棹《さお》と胴《どう》とを別々に天井《てんじょう》裏の寝部《ねべ》屋《や》へ持ち込《こ》み、夜な夜な朋輩《ほうばい》の寝静まるのを待って独《ひと》り稽古《けいこ》をしたのである。しかし当初は、父祖の業を継《つ》ぐ目的で丁稚奉公《でっちぼうこう》に住み込《こ》んだ身の将来これを

暖簾を分けてもらい　長年勤めた店員が一人前になり、同じ屋号の店を出してもらうこと。

啓発　教え導いて、知識を向上させる。

刻苦精励　苦しみに耐《た》えて、仕事や研究などに励《はげ》むこと。

本職にしようという覚悟《かくご》も自信もあったのではなかったただ春琴に忠実である余り彼女の好むところのものを己《おのれ》も好むようになりそれが昂《こう》じた結果であり音曲《おんぎょく》をもって彼女の愛を得る手段に供しようなどの心すらもなかったことは、彼女にさえ極力秘していた一事をもって明らかである。佐助は五六人の手代や丁稚どもと立つと頭がつかえるような低い狭《せま》い部屋《へや》へ寝《ね》るので彼らの眠《ねむ》りを妨《さまた》げぬことを条件として内証《ないしょ》にしておいてくれるように頼《たの》んだ。幾《いく》ら眠っても寝足りない年ごろの奉公人《ほうこうにん》どもは床《とこ》にはいるとたちまちぐっすり寝入《い》ってしまうから苦情をいう者はいなかったけれども佐助は皆《みな》が熟睡《じゅくすい》するのを待って起き上がり布団《ふとん》を出したあとの押入《おしいれ》の中で稽古をした。それでなくても天井裏は蒸《む》し暑いのに押入の中の夏の夜の暑さは格別であったにちがいないがこうすると絃《げん》の音の外へ洩《も》れるのを防ぐことができ、いびきごえや寝《ね》言《ごと》など外部の音響《おんきょう》をも遮断《しゃだん》するに都合がよかったもちろん爪弾《つまび》きで撥《ばち》は使えなかった灯火のない真っ暗な所で手さぐりで弾《ひ》くのである。しかし佐助はその暗闇《くらやみ》を少しも不便に感じなかった盲目の人は常にこういう闇の中にいるこいさんもまたこの闇の中で三味線を弾きなさるのだと思うと、自分も同じ暗黒世界に身を置くことがこの上もなく楽しかった後に公然と稽古《けいこ》することを許可されてからもこいさんと同じにしなければ済まないと言って楽器を手にする時は眼《め》をつぶるのが癖《くせ》であったつまり眼明《あ》きでありながら盲目《もうもく》の春琴と同じ苦難をなめようとし、盲人《もうじん》の不自由な境涯《きょうがい》をできるだけ体験しようとして時には盲人を羨《うらや》むかのごとくであった彼《かれ》が後年ほんとうの盲人になったのは実に少年時代からのそういう心がけが影響《えいきょう》しているので、思えば偶然《ぐうぜん》でないのである

○

いずれの楽器も蘊奥《うんおう》を極《きわ》めることのむずかしさは同一であろうがヴァイオリンと三味線《しゃみせん》とはツボになんの印もなくかつ弾奏《だんそう》のたびごとに絃《げん》の調子を整えてかかる必要があるのでひと通り弾《ひ》けるようになるまでが容易でなく独《ひと》り稽古《げいこ》には最も不向きであるいわんや音譜《おんぷ》のない時代においてをや師匠《ししょう》についても琴《こと》は三月《みつき》三味線は三年と普通《ふつう》にいわれる。佐助《さすけ》は琴のような高価な楽器を買う金もなし第一あんな嵩張《かさば》るものを担《かつ》ぎこむ訳にいかないので三味線か

蘊奥　学問や技芸のもっとも深いところ。

ら始めたのであるが調子を合わせることは最初からできたというそれは音を聴《き》き分ける生まれつきの感覚が少なくともコンマ以上であったことを示すとともに、平素春琴《しゅんきん》に随行《ずいこう》して検校《けんぎょう》の家で待っている間にいかに注意深く他人の稽古を聴いていたかを証するに足りる。調子の区別も曲の詞も音の高低も節《ふし》まわしも総《す》べて彼は耳の記憶《きおく》を頼《たよ》りにしなければならなかったそれ以外に頼るものは何もなかった。かくして十五歳《さい》の夏から約半歳《とし》の間は幸い同室の朋輩《ほうばい》の外に誰《だれ》にも知られずに済んだのであったがその年の冬に至って一つの事件が起こったある夜明け方といっても冬の午前四時ごろまだ真っ暗な夜中も同然の時刻に、鵙屋《もずや》の御寮人《ごりょうにん》すなわち春琴の母のしげ女《じょ》がふと厠《かわや》に起きてどこからともなく洩《も》れて来る「雪」の曲を聞いたのである。昔は寒稽古《かんげいこ》といって寒中夜のしらしら明けに風に吹きさらされながら稽古をするという習慣があったけれども道修町《どしょうまち》は薬屋の多い区域であって堅儀《かたぎ》な店舗《てんぽ》が軒《のき》をつらね遊芸《ゆうげい》の師匠や芸人などの住宅のある所でもなしなまめかしい種類の家は一軒《けん》もないのであるそれにしんしんと更《ふ》けた真夜中、寒稽古にしても時刻があまりとっぴ過ぎる、寒稽古なら一生懸命《けんめい》撥音《ばちおと》たかく弾くであろうに微《かす》か

御寮人　商家の主婦の敬《けい》称《しょう》。主として上方で用いられた。

雪　峰崎勾当《みねざきこうとう》作曲の地唄《じうた》で、寒い冬の情景が歌われる名曲。地唄舞《まい》としてもよく上演される。

な爪弾《つまび》きで弾《ひ》いているそのくせ一つ所を合点《がてん》の行くまで繰《く》り返し練習しているらしく熱心のさまが想《おも》いやられた。鵙屋《もずや》の御寮人《ごりょうにん》はいぶかしみながらもその時は大して気にも止めず寝《ね》てしまったがその後二三度も夜中起きいでるごとに耳についたことがありそういえば私も聞きましたどこで弾いているのでございましょう、狸《たぬき》の腹鼓《はらつづみ》とも違《ちが》うようでございますなどという者も出てきて店員たちの知らぬ間に奥《おく》で問題になっていた。佐助は夏以来ずっと押入《おしいれ》の中でしていればよかったのだが誰《だれ》も気がつきそうにないので大胆《だいたん》になってきたのと、何分激しい業務の余暇《よか》に睡眠《すいみん》時間をぬすんでは稽古《けいこ》するのであるから次第《しだい》に寝不足《ねぶそく》が溜《たま》ってきて暖かい所だとつい居ねむりが襲《おそ》ってくるので、秋の末ごろから夜な夜なそっと物干し台に出て弾いた。いつも夜の四つ時《どき》すなわち午後十時には店員たちとともに眠《ねむ》りにつき午前三時ごろに眼《め》を覚まして三味線《しゃみせん》を抱《かか》えて物干し台に出るそうして冷たい夜気に触《ふ》れつつ独習を続け東がほのかに白《しら》み初《そ》める刻限に至って再び寝床《ねどこ》に帰るのである春琴の母が聞いたのはそれであった。けだし佐助が忍び出た物干し台というのは店舗《てんぽ》の屋上にあったのであろうから真下に寝ている店員どもよりも中前栽《なかせんざい》を隔《へだ》てた奥

中前栽　草木を植え込《こ》んだ中庭。

の者が渡《わた》り廊下《ろうか》の雨戸を開けた時にまずその音を聞きつけたのである。奥からの注意で店員どもが取り調べられ結局佐助の所為《しょい》とわかって一番番頭の前に呼びつけられ大眼玉《めだま》をくらった上に以後は断じてまかりならぬと三味線を没収《ぼっしゅう》されたことは当然の成り行きを見た訳であるが、この時意外な所から佐助に救いの手が伸《の》ばされたとにかくどのくらい弾けるものか聴《き》いてみたいという意見が奥から持ち出されたのであるしかもその首唱者は春琴であった。佐助はこのことが春琴に知れたら定めし機嫌《きげん》を損ずるであろうただ与《あた》えられた手曳《てひ》きの役をしていればよいのに丁稚《でっち》の分際《ぶんざい》で生意気なまねをすると憫殺《びんさつ》されるか嘲笑《ちょうしょう》されるか、どっちみち碌《ろく》なことはあるまいと恐《おそ》れを抱《いだ》いていただけに「聴いてやろう」といわれるとかえって尻込《しりご》みをした。自分の誠意が天に通じてこいさんの心を動かしたのならありがたいけれども多分一場の笑い草にしてやろうという慰《なぐさ》み半分のいたずらであるとしか思えなかったしそれに人前で聴かせるほどの自信もなかった。しかし聴こうと言い出したからはいかに辞退しても許すはずのない春琴である上に母親や姉妹《しまい》たちも好奇心《こうきしん》にかられているのでついに奥の間へ呼び出され独習の結果を披露《ひろう》することに

憫殺　あわれみ、さげすむこと。

なったのである彼《かれ》にとってはまことに晴れの場面であった。当時佐助は五つ六つの曲をどうやらこなすまでに仕上げていたので知っているだけを皆《みな》やってみよと言われるままに度胸を据《す》えて精限り根限り弾《ひ》いた「黒髪《くろかみ》」のようなやさしいものや「茶音頭《ちゃおんど》」のような難曲やもとよりなんの順序もなく聞きかじりで習ったのであるからいろいろのものを不規則に覚えていたのである鵙《もず》屋《や》の家族は佐助が邪推《じゃすい》したように笑い草にするつもりであったかもしれないが、短時日の独《ひと》り稽古《けいこ》にしてはかんどころも確かなら節回《ふしまわ》しもできていることがわかって聴《き》いた後には皆感心した

○

春琴《しゅんきん》伝に曰《いわ》く「時に春琴は佐助《さすけ》が志《こころざし》を憐《あはれ》み、汝《なんぢ》の熱心に賞《め》でて以後は妾《わらは》が教へて取らせん、汝余暇《よか》あらば常に妾を師と頼《たの》みて稽古《けいこ》を励むべしと云《い》ひ、春琴の父安左衛門《やすざゑもん》も遂《つひ》に之《これ》を許しければ佐助は天にも昇《のぼ》る心地《ここち》して丁稚《でつち》の業務に服する傍《かたはら》日々一定の時間を限り指南《しなん》を仰《あふ》ぐこととはなりぬ。かくて十一歳《さい》の少女と十五歳の少年とは主従の上に今又《また》師弟の契《ちぎり》を結びたるぞ目出度《めでた》

黒髪　地唄《じうた》。手ほどきによく用いられる曲である。同名の長唄もある。

茶音頭　地唄。横井也有《よこいやゆう》の詞に、江戸《えど》時代後期の代表的作曲家である菊《きく》岡《おか》検校が曲をつけた。旋律《せんりつ》が流《りゅう》麗《れい》で明るく、よく演奏される。

指南　教え導くこと。

き」と。気むずかしやの春琴が佐助に対して突然《とつぜん》かかる温情を示したのは何《なに》故《ゆえ》であったろうか実は春琴の発意ではなく周囲の者がそう仕向けたのであるともいう。思うに盲目《もうもく》の少女は幸福な家庭にあってもややもすれば孤独《こどく》に陥《おちい》りやすく憂鬱《ゆううつ》になりがちであるから親たちはもちろん下々《しもじも》の女中どもまで彼《かの》女《じょ》の取り扱いに困り、なんとかして心を慰《なぐさ》め気を晴らさせる術《すべ》もあらばと苦《く》慮《りょ》していた矢先たまたま佐助が彼女と趣味《しゅみ》を同じゅうすることを知ったのである。おおかたこいさんのわがままに手を焼いていた奥《おく》の奉公人《ほうこうにん》たちは佐助にお相手役をなすりつけて少しでも自分たちの荷を軽くしようという考えから、なんと佐助どんは奇特《きとく》なものではござりませぬかあれを折角《せっかく》こいさんが仕込《しこ》んでおやりなされましたらどうでござります定めし本人も冥加《みょうが》に余り喜ぶことでござりましょうなどと水を向けたのではなかったであろうか。ただし下手におだてるとツムジを曲げる春琴であるから必ずしも周囲の仕向けに乗せられたのではないかも知れぬ流石《さすが》に彼女もこの時に至って佐助を憎《にく》からず思うようになり心の奥底《おくそこ》に春水のわき出《い》づるものがあったのかもしれぬ。何にしても彼女が佐助を弟子《でし》に持とうと言い出してくれたのは親兄弟や奉公

奇特　行いが立派なこと。

折角　努力して。

冥加に余り　過剰《かじょう》に恩恵《おんけい》を受けること。

人どもにとってありがたいことだったいくら天才児だといっても十一歳《さい》の女師匠《ししょう》が果たして人を教えることができるかどうかは問うところでない、ただそういう風にして彼女《かのじょ》の退屈《たいくつ》が紛《まぎ》れてくれれば端《はた》の者が助かるいわば「学校ごッこ」のような遊戯《ゆうぎ》をあてがい佐助にお相手を命じたのである。だから佐助のためよりも春琴のために計らったことなのであるが結果から見れば佐助の方が遥《はる》かに多く恩沢《おんたく》に浴した。伝には「丁稚《でっち》の業務に服する傍《かたはら》日々一定の時間を限り」とあるけれども今まででも毎日手曳《てひ》きを勤め一日の中の何時間かはこいさんに仕えていたのであるその上こいさんの部屋《へや》へ呼ばれて音楽の授業を受けたとすると店の仕事を顧《かえり》みる暇《ひま》はなかったであろう。安左衛門《やすざえもん》は商人に仕立てるつもりで預かった子を娘《むすめ》の守《も》りにしてしまっては国元の親たちに済まぬという心づかいもあったらしいが丁稚一人の将来よりも春琴の機嫌《きげん》をとる方が大切であったし佐助自身もそれを望んでいる以上、まあ当分はそうしておいてもと黙許《もっきょ》の形になったのであろうと思われる。佐助が春琴を「お師匠様」と呼び出したのはこの時からであって常には「こいさん」と呼んでよいが授業の間は必ずそう呼ぶように春琴が命じたそして彼女も「佐

恩沢　めぐみ。いつくしみ。

助どん」といわずに「佐助」といい、すべて春松検校《けんぎょう》がその内弟子《うちでし》を遇《ぐう》する様《さま》を真似《まね》厳重に師弟の礼をとらせたかくして大人たちの企図《きと》したごとくたわいのない「学校ごッこ」が続けられ春琴もそれに紛れて孤独《こどく》を忘れていたのであるが、二人はその後月を重ね年を経《へ》てもいっこうこの遊戯を中止する模《も》様《よう》がなかったかえって二三年後には教える方も教えられる方も次第《しだい》に遊戯の域を脱《だっ》して真剣《しんけん》になった。春琴の日課は午後二時ごろに靭《うつぼ》の検校の家へ出かけて三十分ないし一時間稽古《けいこ》を授《さず》かり帰宅後日の暮れまで習ってきたものを練習する。さて夕食を済ませてから時々気が向いた折に佐助を二階の居間《いま》へ招いて教授するそれがついには毎日欠かさず教えるようになりどうかすると九時十時に至ってもなお許さず、「佐助、わてそんなこと教《お》せたか」「あかん、あかん、弾《ひ》けるまで夜通しかかったかて遣《や》りや」と激しく叱咤《しった》する声がしばしば階下の奉公人《ほうこうにん》どもを驚《おどろ》かした時によるとこの幼い女師匠は「阿呆《あほ》、何で覚えられへんねん」と罵《ののし》りながら撥《ばち》をもって頭を殴《なぐ》り弟子がしくしく泣き出すことも珍《めずら》しくなかった

叱咤　大声で叱《しか》ること。

昔は遊芸《ゆうげい》を仕込《しこ》むにも火の出るようなすさまじい稽古《けいこ》をつけ往々弟子《でし》に体《たい》刑《けい》を加えることがあったのは人のよく知る通りである本年〔昭和八年〕二月十二日の大阪朝日《おおさかあさひ》新聞日曜のページに「人形浄瑠璃《にんぎょうじょうるり》の血まみれ修業《しゅぎょう》」と題して小倉敬二君が書いている記事を見るに、摂津大掾《せっつだいじょう》亡《な》き後の名人三代目越路太夫《こしじだゆう》の眉間《みけん》には大きな傷痕《きずあと》が三日月型に残っていたそれは師匠豊沢団《ししょうとよざわだん》七《しち》から「いつになったら覚えるのか」と撥《ばち》で突《つ》き倒《たお》された記念であるというまた文楽《ぶんらく》座の人形使い吉田玉次郎《よしだたまじろう》の後頭部にも同じような傷痕がある玉次郎若かりしころ「阿波《あわ》の鳴門《なると》」で彼《かれ》の師匠の大名人吉田玉造《たまぞう》が捕《と》り物の場の十《じゅう》郎兵衛《ろうべえ》を使い玉次郎がその人形の足を使った、その時キット極《き》まるべき十郎兵衛の足がいかにしても師匠玉造の気に入るように使えない「阿呆《あほ》め」というなり立ち回りに使っていた本身《はんみ》の刀でいきなり後頭部をグヮンとやられたその刀痕《きず》が今も消えずにいるのである。しかも玉次郎を殴《なぐ》った玉造もかつて師匠金四のために十郎兵衛の人形をもって頭をたたき割られ人形が血で真っ

摂津大掾
（一八三六～一九一七）明治の義太夫節《ぎだゆうぶし》の太夫（語り手）として名高い名人。

「阿波の鳴門」
近松半二《ちかまつはんじ》らの合作の時代もの浄瑠璃「傾城阿波の鳴門」のこと。明和五年（一七六八）初演。

赤に染まった。彼はその血だらけになって砕《くだ》け飛んだ人形の足を師匠に請《こ》うてもらい受け真綿にくるみ白木の箱に収めて、時々取り出しては慈母《じぼ》の霊前《れいぜん》にぬかずくがごとく礼拝した「この人形の折檻《せっかん》がなかったら自分は一生凡々《ぼんぼん》たる芸人の末で終わったかもしれない」としばしば泣いて人に語った。先代大隅《おおすみ》太夫は修業時代には一見牛のように鈍重《どんじゅう》で「のろま」と呼ばれていたが彼の師匠は有名な豊沢団平俗《とよざわだんぺいぞく》に「大《だい》団平」といわれる近代の三味線《しゃみせん》の巨匠《きょしょう》であったある時蒸《む》し暑い真夏の夜にこの大隅が師匠の家で木下蔭挟合戦《このしたかげはざまかっせん》の「壬生村《みぶむら》」を稽古してもらっていると「守り袋《ぶくろ》は遺品《いひん》ぞと」というくだりがどうしてもうまく語れないやり直しやり直して何べん繰《く》り返してもよいといってくれない師匠団平は蚊帳《かや》を吊《つ》って中にはいって聴《き》いている大隅は蚊に血を吸われつつ百ぺん、二百ぺん、三百ぺんと際限もなく繰り返しているうちに早や夏の夜の明けやすくあたりが白《しら》み初《そ》めてきて師匠もいつかくたびれたのであろう寝入《ねい》ってしまったようであるそれでも「よし」といってくれないうちはと「のろま」の特色を発揮してどこまでも一生懸命《けんめい》根気よくやり直しやり直して語っているとやがて「出来た」と蚊帳の中から団平の声、寝入った

大隅太夫
（一八六四〜一九一三）三世竹本大隅太夫。義太夫節の太夫。摂津大掾とともに明治期の義太夫界の双璧《そうへき》とされる。

豊沢団平
（一八二八〜一八九八）義太夫の三味線方。二世。「壺坂」などの作曲もあり、名人とうたわれた。

ように見えた師匠《ししょう》はまんじりともせずに聴《き》いていてくれたのであるおよそかくのごとき逸話《いつわ》は枚挙《まいきょ》にいとまなくあえて浄瑠璃《じょうるり》の太夫《たゆう》や人形使いに限ったことではない生田《いくた》流の琴《こと》や三味線《しゃみせん》の伝授においても同様であったそれにこの方の師匠は大概盲人《たいがいもうじん》の検校《けんぎょう》であったから不具者の常として片意地な人が多く勢い苛酷《かこく》に走った傾《かたむ》きがないでもあるまい。春琴の師匠春松検校の教授法もつとに厳格をもって聞こえていたことは前述のごとくややもすれば怒罵《どば》が飛び手が伸《の》びた教える方も盲人なら教わる方も盲人の場合が多かったので師匠にしかられたり打たれたりする度《たび》に少しずつ後ずさりをし、ついに三味線を抱《かか》えたまま中二階の段梯子《ばしご》を転げ落ちるような騒《さわ》ぎも起こった。後日春琴が琴曲指南《しなん》の看板《かんばん》を掲《かか》げ弟子《でし》を取るようになってから稽古《けいこ》ぶりの峻烈《しゅんれつ》をもって鳴らしたのもやはり先師の方法を踏襲《とうしゅう》したのであり由来するところがある訳なのだが、それは佐助を教えた時代からすでにきざしていたのであるすなわち幼い女師匠の遊戯《ゆうぎ》から始まり次第《しだい》に本物に進化したのである。あるいはいう男の師匠が弟子を折檻《せっかん》する例は多々あるけれども女だてらに男の弟子を打ったり殴《なぐ》ったりしたという春琴のごときは他に類が少ないこれをもって思

枚挙にいとまなく
いちいち数え上
げることができ
ないほど多い。

うに幾分《いくぶん》嗜虐《しぎゃく》性の傾向《けいこう》があったのではないか稽古に事寄せて一種変態《へんたい》な性《せい》慾《よく》的快味を享楽《きょうらく》していたのではないかと。はたして然《しか》るや否《いな》や今日において断定を下すことは困難であるただ明白な一事は、子供がままごと遊びをする時は必ず大人の真似《まね》をするされば彼女《かのじょ》も自分は検校に愛せられていたのでかつて己《おのれ》の肉体に痛棒《つうぼう》を喫《きっ》したことはないが日ごろの師匠の流儀《りゅうぎ》を知り師たる者はあのようにするのが本来であると幼心に合点して、遊戯の際に早くも検校の真似をするに至ったのは自然の数《すう》でありそれがこうじて習い性となったのであろう

○

佐助《さすけ》は泣き虫であったものかこいさんに打たれるたびにいつも泣いたというそれがまことに意気地《いくじ》なくひいひいと声を挙《あ》げるので「またこいさんの折檻が始まった」と端《はた》の者は眉《まゆ》をひそめた。最初こいさんに遊戯をあてがったつもりの大人たちもここに至ってすこぶる当惑《とうわく》した毎夜おそくまで琴や三味線の音が聞こえるのさえやかましいのに間々《まま》春琴《しゅんきん》の激しい語調でしかり飛

嗜虐性　相手に苦痛を与《あた》えることを好む性癖《せいへき》。サディズム。

数　ここでは、なりゆき、情勢という意味。

ばす声が加わりその上に佐助の泣く声が夜の更《ふ》けるまで耳についたりするのであるあれでは佐助どんも可哀《かわい》そうだし第一こいさんのためにならぬと女中の誰彼《だれかれ》が見るに見かねて稽古《けいこ》の現場へ割ってはいりとうさんまあ何《なん》ということでんの姫御前《ひめごぜ》のあられもない男の児《こ》にえらいことしやはりまんねんなあと止めだてでもすると春琴はかえって粛然《しゅくぜん》と襟《えり》を正してあんたら知ったこッちゃない放《ほ》ッといてと威丈高《いたけだか》になって言ったわてほんまに教《お》せてやってるねんで、遊びごッちゃないねん佐助のためを思やこそ一生懸命《けんめい》になってるねんどれくらい怒《おこ》ったかていじめたかて稽古は稽古やないかいな、あんたら知らんのか。これを春琴伝は記して汝《なんじ》ら妾《わらわ》を少女と侮《あなど》りあえて芸道の神聖《しんせい》を冒《おか》さんとするや、たとい幼少なりとていやしくも人に教うる以上師たる者には師の道あり、妾が佐助に技《わざ》を授《さず》くるはもとより一時の児戯《じぎ》にあらず、佐助は生来音曲を好めども丁稚《でっち》の身として立派なる検校《けんぎょう》にも就《つ》くあたわず独習するが不憫《ふびん》さに、未熟ながらも妾が代わりて師匠《ししょう》となりいかにもして彼《かれ》が望みを達せしめんと欲《ほっ》するなり、汝らが知るところに非《あら》ず疾《と》くこの場を去るべしと毅《き》然《ぜん》として言い放ちければ、聞く者その威容《いよう》に怖《おそ》れ弁舌に驚《おどろ》きほうほうの体《てい》に

ほうほうの体　さんざんな目にあって、やっとのことで逃げ出す様子。

て引きさがるを常としたりきと言っているもって春琴の勢いこんだ剣幕《けんまく》を想像することができよう。佐助も泣きはしたけれども彼女《かのじょ》のそういう言葉を聞いては無限の感謝をささげたのであった彼の泣くのは辛《つら》さをこらえるのみにあらず主とも師匠とも頼《たの》む少女の激励《げきれい》に対するありがた涙《なみだ》もこもっていたゆえにどんな痛い目にあっても逃《に》げはしなかった泣きながら最後まで忍耐《にんたい》し「よし」と言われるまで練習した。春琴は日によって機嫌《きげん》のよい時と悪い時とがあり口やかましく叱言《こごと》を言うのはまだよい方で黙《だま》って眉《まゆ》をひそめたまま三の絃《いと》をぴんと強く鳴らしたりまたは佐助一人に三味線《しゃみせん》を弾《ひ》かせ可否を言わずにじっと聴《き》いていたりするそんな時こそ佐助は最も泣かされた。ある晩のこと茶音頭《ちゃおんど》の手事《てごと》を稽古していると佐助ののみこみが悪くてなかなか覚えない幾度《いくど》やってもまちがえるのに業《ごう》をにやして例のごとく自分は三味線を下に置き、やあチリチリガン、チリチリガン、チリガンチリガンチリガーチテン、トツントツンルン、やあルルトンと右手で激しく膝《ひざ》をたたきながら口三味線《くちじゃみせん》で教えていたがついには黙然《もくぜん》として突《つ》っ放してしまった。佐助は取り着くしまもなくされればといって止《や》める訳にもいかずなんとかかとか独りで考えては

剣幕
ひどく怒っている顔つき。態度。

手事
地唄《じうた》や箏曲《そうきょく》で、歌の合間に三味線や琴などの楽器だけで演奏される長い間奏の部分。

口三味線
三味線の旋律《せんりつ》を口で唱えること。

弾《ひ》いているといつまでたってもよいと言ってくれないそうなると逆上してますますトチリだす体じゅうに冷《ひ》や汗《あせ》がわく何が何やらでたらめを弾くばかりであるしかも春琴は寂然《せきぜん》としていっそう唇《くちびる》を固く閉じ眉根《まゆね》に深く刻んだ皺《しわ》をピクリともさせないかくのごときこと二時間以上に及んだころ母親のしげ女が寝間着《ねまき》姿で上がってきて、熱心にも程《ほど》がある度が過ぎては体に毒だからとなだめるようにして二人を引き分けた。明くる日春琴は両親の前へ呼び出されてそなたが佐助に教えてやる親切は結構だけれども弟子《でし》をののしったり打ったりするのは人も許し我《われ》も許す検校《けんぎょう》さんのすることなりそなたはいかに上手と言っても自分がまだお師匠《ししょう》さんに習っているのに今からそんな真似《まね》をしては必ず慢心《まんしん》の基《もと》になろうおよそ芸事は慢心したら上達はしませぬ、あまつさえ女の身として男をとらえ阿呆《あほう》などと口汚《ぎたな》く言うのは聞きづらしあれだけはどうぞ慎《つつし》んでくだされもうこれからは時間を定めて夜が更《ふ》けぬうちに止《や》めたがよい佐助のひいひい泣く声が耳について皆《みな》が寝《ね》られないで困りますと、ついぞ叱言《こごと》をいったことのない父と母とが懇《ねんご》ろに説諭したのでさすがの春琴も返す言葉がなく道理に服した体《てい》であったがそれも表面だけのことで実際は

寂然　ひっそりとして静かなさま。

あまり利《き》き目がなかった。佐助は何《なん》という意気地《いくじ》なしぞ男のくせに些細《ささい》なことにこらえ性もなく声を立てて泣くゆえにさも仰山《ぎょうさん》らしく聞こえおかげで私がしかられた、芸道に精進《しょうじん》せんとならば痛さ骨身にこたえるとも歯を食いしばって堪《た》え忍《しの》ぶがよいそれができないなら私も師匠を断りますとかえって佐助に嫌味《いやみ》を言った爾来《じらい》佐助はどんなに辛《つら》くとも決して声を立てなかった

○

鵙屋《もずや》の夫婦は娘春琴《むすめしゅんきん》が失明以来だんだん意地悪になるのに加えて稽古《けいこ》が始まってから粗暴《そぼう》なふるまいさえするようになったのを少なからず案じていたらしいまことに娘が佐助《さすけ》という相手を得たことは善《よ》し悪《あ》しであった佐助が彼女《かのじょ》の機嫌《きげん》を取ってくれるのはありがたいけれども何事も御《ご》無理ごもっともで通すところから次第《しだい》に娘を増長させる結果になり将来どんなに根性のひねくれた女ができるかも知れぬと密《ひそ》かに胸を痛めたのであろう。それかあらぬか佐助は十八歳《さい》の冬から改めて主人の計らいによって春松検校の門にはいったすなわち春琴が直接教授することを封《ふう》じてしまったのである。これは親た

ちの考えでは娘《むすめ》が師匠《ししょう》の真似《まね》をするのが最も悪い何よりも娘の品性に良からぬ影響《えいきょう》を与《あた》えると見たからであったろうが同時に佐助の運命もこの時に決した訳であるこの時以来佐助は完全に丁稚《でっち》の任務を解かれ名実ともに春琴の手曳《てひ》きとしてまた相弟子《あいでし》として検校《けんぎょう》の家へ通うようになった。本人がそれを望んだのはいうまでもないとして安左衛門《やすざえもん》も大いに国元の親たちを説きつけ諒解《りょうかい》を得《う》るように努めた商人になる目的を放棄《ほうき》させる代わりには行く末のことを保証し必ず捨てておかぬからとそこは言葉を尽《つ》くしたものと察せられる。按《あん》ずるに安左衛門夫婦は春琴のためにおもんぱかって佐助を婿《むこ》にもらったらという意志が動いていたのであろう不具の娘であってみれば対等の結婚はむずかしい佐助ならば願ってもない良縁《りょうえん》であると思うのも無理からぬところである。しかしてその翌々年すなわち春琴十六歳《さい》佐助二十歳の時始めて親たちは結婚のことを諷《ふう》したのであったが意外にも彼女《かのじょ》はにべもなく峻拒《しゅんきょ》した自分は一生夫を持つ気はない殊《こと》に佐助などとは思いも寄らぬと甚《はなは》だしい不機嫌《ふきげん》であったしかるに何ぞ図らんそれより一年を経《へ》て春琴の体にただならぬ様子が見えることを母親が感づいたのであるまさかとは思ったけれども内々気をつ

峻拒　きびしく拒否《きょひ》すること。

けてみるとどうも怪《あや》しい、人眼に立つようになってからでは奉公人《ほうこうにん》の口がうるさい今のうちならとかくつくろう道もあろうと父親にも知らせずそっと当人に尋《たず》ねるとそんな覚えはさらさらないと言う深くも追及《ついきゅう》しかねるので腑《ふ》に落ちないながら一箇《か》月ほど捨てておくうちにもはや事実をおおい隠《かく》せぬまでになった。今度は春琴は素直に妊娠《にんしん》を認めたがいかに聞かれても相手を言わない強《し》いて問い詰《つ》めるとお互《たが》いに名を言わぬ約束をしたという佐助かと言えばなんであのような丁稚風情《ふぜい》にと頭から否定した。誰《だれ》しも一往佐助に疑いを持って行くところであるけれども親たちにしても去年の春琴の言葉があるのでよもやと思ったのであるそれにそう言う関係があればなかなか人前を隠し切れぬもの、経験の浅い少女と少年がどんなに平気を装《よそお》っても嗅《か》ぎつかれずにはいないものだが佐助が同門の後輩《こうはい》となってからは以前のように夜更《ふ》けるまで対座する機会もなく時おり兄弟子の格式をもっておさらいをしてやるぐらいなものその他の時はどこまでも気位の高いこいさんであって、佐助を遇《ぐう》するに手曳き以上の扱《あつか》いはしていないようなので奉公人どもも二人の間にまちがいがあろうとは思ってもみなかったむしろ主従の区別があり過ぎ情味が乏《とぼ》しいほどに思えた。しかし佐助に聞いたらば様子が知れよう相手はきっと検校《けんぎょう》の門下生であろうと見当をつけたが佐助も知らぬ存ぜぬの一点張りで、自分の身に覚えのないのはもちろん誰《だれ》といって心あたりもないと言う。けれどもこの時御寮人《ごりょうにん》の前へ呼ばれた佐助の態度がオドオドして胡散臭《うさんくさ》いのに不審《ふしん》が加わり問いつめて行くと辻褄《つじつま》の合わないことが出て来て実はそれを申しましてはこいさんにしかられますからと泣き出してしまった。いやいやこいさんを庇《かば》うのはよいが主人の言い付けをなぜきかぬ隠《かく》し立てをしてはかえってこいさんのためになりませぬぜひ相手の名を言ってご覧《らん》と口を酸《す》ッぱくしても言わぬそれでも結局のところ相手はやはり当の本人の佐助であることが言外にくみ取れた決して白状しませぬとこいさんに約束した手前を恐《おそ》れて明瞭《めいりょう》には言わないのだがそれを察してもらいたそうに言うのであった。鵙《もず》屋《や》夫婦はできてしまったことは仕方がないしまあまあ佐助だったのはよかったそのくらいなら去年縁組《えんぐ》みをすすめた時なぜあのような心にもないことを言ったのやら娘気《むすめぎ》というものはたわいのないものと愁《うれ》いのうちにも安堵《あんど》の胸をさすり、この上は人の口の端《は》にかからぬうち早く一緒《いっしょ》にさせる方がと改めて春琴に持ちかけてみると、またしてもそんな話はいやでござります去年も申しましたように佐助などとは考えてもみませぬこと、私の身を不憫《ふびん》がってくださいますのはかたじけのうござりますがいかに不自由な体なればとて奉公人《こうにん》を婿《むこ》に持とうとまでは思いませぬお腹《なか》の子の父親に対しても済まぬことでござりますと顔色を変えて言うのであるではそのお腹の子の父親はと聞けばそればかりは尋《たず》ねないでくださりませどうでその人に添《そ》うつもりはござりませぬという。そうなるとまた佐助の言葉がアヤフヤに思えどっちの言うことが本当やらさっぱり訳がわからなくなり困《こう》じ果てたが佐助以外に相手があろうとも考えられず今となってはきまりが悪いのでわざと反対なことを言うのであろうそのうちには本音をはくであろうともうそれ以上の詮議《せんぎ》は止《や》めてとりあえず身二つになるまで有馬《ありま》へ湯治《とうじ》にやることにした。それは春琴が十七歳《さい》の五月で佐助は大阪《おおさか》に居残り女中《じょちゅう》一人が付き添って十月まで有馬に滞在《たいざい》しめでたく男の子を生んだその赤ん坊《ぼう》の顔が佐助に瓜《うり》二つであったとやらでようやく謎《なぞ》が解けたようなものの、それでも春琴は縁組みの相談に耳を借さないのみならず未《いま》だに佐助が赤児《あかご》の父親であることを否定するよんどころ

有馬　神戸市北区にある古くからの温泉町。

なく二人を対決させてみると春琴はきっとなり佐助どんなんぞ疑ぐられるようなこと言うたんと違《ちが》うかわてが迷惑《めいわく》するよって身に覚えのないことはないとはっきり明かりを立ててほしいと言う釘《くぎ》を打たれて佐助は一《ひと》縮みに縮み上がり仮にも御主《おしゅう》のとうさんを滅相《めっそう》なことでござります、子飼《こが》いの時より一方《ひとかた》ならぬ大恩を受けながらそのような身の程《ほど》知らずの不料簡《ふりょうけん》は起こしませぬ思いも寄らぬ濡《ぬ》れ衣《ぎぬ》でござりますと今度は春琴に口を合わせ徹頭徹尾《てっとうてつび》否認《ひにん》するのでいよいよ埒《らち》が明かなくなった。それでも生まれた子がかわいくはないかそなたがそんなに強情《ごうじょう》を張るなら父《てて》なし児《ご》を育てる訳にはゆかぬ断《た》って縁《えん》組《ぐ》みが厭《いや》だとあればかわいそうでも嬰児《ややこ》はどこぞへくれてやるより仕方がないがと子を枷《かせ》にしてつめ寄るとどうぞどこへなとお遣《や》りなされてくださりませ一生独り身で暮らす私に足手まといでござりますと涼《すず》しい顔つきで言うのである

○

この時春琴《しゅんきん》が生んだ子は余所《よそ》へもらわれて行ったのである弘化《こうか》二年の生

子飼い　仕事などを覚えさせるため、子どものうちから面倒を見て育てること。

弘化二年　一八四五年。

まれに当たるから今日存命しているとも思われないしもらわれて行った先も知れていないいずれ両親がしかるべく処置したのであろう。そんな訳でとうとう春琴は我《が》を張り通し妊娠《にんしん》の一件をうやむやに葬《ほうむ》ってまたいつのまにか平気な顔で佐助《さすけ》に手曳《てひ》きさせながら稽古《けいこ》に通っていたもうその時分彼女《かのじょ》と佐助との関係はほとんど公然の秘密になっていたらしいそれを正式にさせようとすれば当人たちがあくまで否認するものだから、娘《むすめ》の気象を知っている親たちはやむを得ず黙許《もくきょ》の形にしておいたと見えるかくして主従とも相弟子《あいでし》とも恋仲ともつかぬ曖昧《あいまい》な状態が二三年つづいた後春琴二十歳《さい》の時春松検校《けんぎょう》が死去したのを機会に独立して師匠《ししょう》の看板《かんばん》を掲《かか》げることになり親の家を出て淀屋《よどや》橋筋《ばしすじ》に一戸を構えた同時に佐助も付いて行ったのである。けだし彼女は検校の生前すでに実力を認められいつにても独立して差し支《つか》えないよう許可を得ていたことと思われる検校は己《おのれ》の名の一字を取って彼女に春琴という名を与《あた》え晴れの演奏の時しばしば彼女と合奏したり高い所を唄《うた》わせたりして常に引き立ててやっていたされば検校亡《な》き後に門戸を構えるに至ったのは当然であるかもしれぬ。しかし彼女の年齢《ねんれい》境遇《きょうぐう》等に照らしにわかに独立する必要が

淀屋橋　大阪市中央区の御堂《みどう》筋に架《か》かる橋。

あったろうとは考えられないこれはおそらく佐助との関係をおもんぱかったのであろうというのは、もはや公然の秘密になっている二人をいつまで曖昧《あいまい》な状態においては奉公人《ほうこうにん》どもの示しがつかずせめて一軒《けん》の家に同棲《どうせい》させるという方法を取ったので春琴自身もその程度ならあえて不服はなかったのであろう。もちろん佐助は淀屋橋《よどやばし》へ行ってからも少しも前と異なった扱《あつか》いはされなかったやはりどこまでも手曳《てひ》きであったその上検校《けんぎょう》が死んだので再び春琴に師事することになり今は誰《だれ》に遠慮《えんりょ》もなく「お師匠《ししょう》様」と呼び「佐助」と呼ばれた。春琴は佐助と夫婦らしく見られるのを厭《いと》うこと甚《はなは》だしく主従の礼儀《れいぎ》師弟の差別を厳格にして言葉づかいのはしばしに至るまでやかましく言い方を規定したたまたまそれに悖《もと》ることがあれば平身低頭して詫《あや》まっても容易に赦《ゆる》さず執拗《しつよう》にその無礼を責めた。ゆえに様子を知らない新参の入門者は二人の間を疑うよしもなかったというまた鵙屋《もずや》の奉公人どもはあれでこいさんはどんな顔をして佐助どんを口説《くど》くのだろうこっそり立ちぎきしてやりたいと蔭口《かげぐち》を言ったというなぜ春琴は佐助を待つことかくのごとくであったか。ただし大阪《おおさか》は今日でも婚礼に家柄《いえがら》や資産や格式などをうんぬんすること東京以上で

悖る　そむく。さからう。

待つ　相手に対する態度。もてなす。あしらう。

あり元来町人の見識の高い土地であるから封建《ほうけん》の世の風習は思いやられるしたがって旧家の令嬢《れいじょう》としての矜持《きょうじ》を捨てぬ春琴のような娘《むすめ》が代々の家来《けらい》筋に当たる佐助を低く見下したことは想像以上であったであろう。また盲目《もうもく》の僻《ひが》みもあって人に弱味を見せまい馬鹿《ばか》にされまいとの負けじ魂《だましい》も燃えていたであろう。とすれば佐助を我《わ》が夫として迎《むか》えるなど全く己《おのれ》を侮辱《ぶじょく》することだと考えたかもしれぬ宜《よろ》しくこの辺の事情を察すべきであるつまり目下《めした》の人間と肉体の縁《えん》を結んだことを恥《は》ずる心があり反動的によそよそしくしたのであろう。しからば春琴の佐助を見ること生理的必要品以上に出《い》でなかったであろうか多分意識的にはそうであったかと思われる

○

伝に曰《いわ》く「春琴居常潔癖《しゅんきんきょじょうけっぺき》にして聊《いささ》かにても垢《あか》着きたる物を纏《まと》はず、肌着《はだぎ》類は毎日取換《とりか》へて洗濯《せんたく》を命じたりき。又《また》朝夕に部屋《へや》の掃除《そうじ》を励行《れいこう》せしむること厳密《げんみつ》を極《きわ》め、坐《ざ》する毎《ごと》に一々指頭を以《もっ》て座布団《ざぶとん》畳《たたみ》等の表面を撫《な》で試み毫《ごう》釐《りん》の塵埃《じんあい》をも厭《いと》ひたりき。嘗《かっ》て門弟の胃を病む者あり、口中に臭気《しゅうき》あるを悟《さと》

矜持　自分自身への誇《ほこ》り。

毫釐　少し。わずか。

らず師の前に出《い》でて稽古《けいこ》しけるに、春琴例の如《ごと》く三の絃《げん》を鏗然《かうぜん》と弾《はじ》きてその儘《まま》三味線《しゃみせん》を置き、顰蹙《ひんしゆく》して一語を発せず、門弟為《な》す所を知らずして恐《おそ》る恐る理由を問ふこと再三に及《およ》びし時、妾《わらは》は盲人《まうじん》なれ共《ども》鼻は確也《たしかなり》、匆々《さうさう》に去つて含嗽《うがひ》をせよと言ひしとぞ」と。盲人なるがゆえにかくのごとく潔癖《けっぺき》だったのでもあろうがまたこういう人が盲人であったとすると身の周りの世話をする者の心づかいは推量に余る。手曳《てひ》きという役は手を曳くばかりが受け持ちではない飲食起臥《きが》入浴上厠《じょうし》等日常生活の些事《さじ》にわたって面倒《めんどう》を見なければならぬしこうして佐助は春琴の幼時よりこれらの任務を担当し性癖《せいへき》をのみこんでいたので彼《かれ》でなければとうてい気に入るようにはいかなかった佐助はむしろこの意味において春琴にとり欠くべからざる存在であった。それに道修《どしょう》町《まち》の時分にはまだ両親や兄弟たちへ気がねがあったけれども一戸の主となってからは潔癖《けっぺき》とわがままが募《つの》る一方で佐助の用事はますます煩多《はんた》を加えたのであるこれは鴫沢《しぎさわ》てる女《じょ》の話でさすがに伝には記してないが、お師匠《ししょう》様は厠《かわや》から出ていらしってても手をお洗いになったことがなかったなぜなら用をお足しになるのに御自分《ごじぶん》の手は一ぺんもお使いにならない何から何まで佐助ど

鏗然　琴の音の形容。

顰蹙　まゆをひそめること。顔をしかめて、いやがること。

しこうして　そうして。それで。

んがしてあげた入浴の時もそうであった高貴の婦人は平気で体じゅうを人に洗わせて羞恥《しゅうち》ということを知らぬというがお師匠様も佐助どんに対しては高貴の婦人と選ぶ所はなかったそれは盲目《もうもく》のせいもあろうが幼い時からそういう習慣に馴《な》れていたので今さらなんの感情も起こらなかったのかもしれない。彼女はまた非常にお洒落《しゃれ》であった失明以来鏡を覗《のぞ》いたことはなくとも己《おのれ》の容色についてはなみなみならぬ自信があり衣類や髪飾《かみかざ》りの配合等に苦労することは眼《め》明《あ》きと同じであった思うに記憶《きおく》力の強い彼女《かのじょ》は九歳《さい》の時の己の顔立ちを長く覚えていたであろうしその上世間の評判や人々のお世辞が始終耳にはいるので自分の器量のすぐれていることはよく承知していたのであるされば化粧《けしょう》に浮身《うきみ》をやつすことは大抵《たいてい》でなかった。常に鶯《うぐいす》を飼っていてふんを糠《ぬか》に交ぜて使いまた糸瓜《へちま》の水を珍重《ちんちょう》し顔や手足がつるつる滑《すべ》るようでなければ気持ちを悪がり地肌《じはだ》の荒《あ》れるのを最も忌《にく》んだすべて絃楽器《げんがっき》を弾《ひ》く者は絃を押《お》さえる必要上左手の指の爪《つめ》の生え加減を気にするものだが必ず三日目ごとに爪をきらせやすりをかけさせたそれが左の手ばかりでなく両手両足に及んだきるといってもほとんど目に見えて伸《の》びていないわずかに一厘《りん》二厘に過ぎないのをいつも同じ恰好《かっこう》に正確にきるように命じきったあとを一つ一つ手でさぐって見て少しでも狂《くる》いがあることを許さなかった佐助は実にこのような世話を一人で引き請《う》け合い間にはまた稽古《けいこ》をしてもらい時にはお師匠《ししょう》様に代わって後進の弟子《でし》たちに教えもした

○

肉体の関係ということにもいろいろある佐助《さすけ》のごときは春琴《しゅんきん》の肉体の巨細《こさい》を知りつくしてあます所なきに至り月並《つきなみ》の夫婦関係や恋愛《れんあい》関係の夢想だもしない密接な縁《えん》を結んだのである後年彼《かれ》が己《おのれ》もまた盲目《もうもく》になりながらなおよく春琴の身辺に奉仕《ほうし》して大過なきを得たのは偶然《ぐうぜん》でない。佐助は一生妻妾《さいしょう》を娶《めと》らず丁稚《でっち》時代より八十三歳《さい》の老後まで春琴以外に一人の異性をも知らずに終わり他の婦人に比べてどうのこうのと言う資格はないけれども晩年やもめ暮らしをするようになってから常に春琴の皮膚《ひふ》が世にも滑《なめ》らかで四肢《しし》が柔軟《じゅうなん》であったことを左右の人に誇《ほこ》ってやまずそればかりが唯一《ゆいいつ》の老いの繰《く》り言《ごと》であったしばしば掌《てのひら》を伸《の》べてお師匠様の足はちょうどこの手の上へ載《の》るほどで

大過なきを得た
重大なあやまちをせずにすむ。

あったと言い、またわが頬《ほお》をなでながら踵《かかと》の肉でさえ己のここよりはすべすべして柔《やわら》かであったと言った。彼女《かのじょ》が小柄《こがら》だったことは前に書いたが体は着やせのする方で裸体《らたい》の時は肉づきが思いのほか豊かに色が抜《ぬ》けるほど白く幾《いく》つになっても肌《はだ》に若々しいつやがあった平素魚鳥の料理を好みわけても鯛《たい》の造《つく》りが好物で当時の婦人としては驚《おどろ》くべき美食家であり酒も少々はたしなんで晩酌《ばんしゃく》に一合は欠かさなかったということがそんなことが関係していたかもしれない〔盲人《もうじん》が物を食う時はさもしそうに見え気の毒な感じを催すものであるまして妙齢《みょうれい》の美女の盲人においてをや春琴はそれを知ってか知らずか佐助以外の者に飲食の態《てい》を見られるのを嫌《きら》った客に招かれた時なぞはほんの形式に箸《はし》を取るのみであったから至ってお上品のように思われたけれども内実は食べ物に贅《ぜい》を尽《つ》くしたもっとも大食というのではない飯は軽く二杯《はい》たべおかずも一箸《ひと》ずついろいろの皿へ手をつけるので品数が多くなり給仕に手数のかかることは大抵《たいてい》でなかったたまるで佐助を困らせるのが目的のように思えるほどだった。佐助は鯛のあら煮《に》の身をむしること蟹蝦《かにえび》等の殻《から》をはぐことが上手になり鮎《あゆ》などは姿を崩《くず》さずに尾の所から骨を綺麗《きれい》に抜き取った〕頭髪《とうはつ》もまた非常に多量で真綿のごとく柔《やわ》らかくふわふわしていた手はきゃしゃで掌《てのひら》がよくしない絃《げん》を扱《あつか》うせいか指先に力があり平手で頰《ほお》をうたれると相当に痛かった。すこぶる上気《のぼ》せ性のくせにまたすこぶる冷え性で盛夏といえどもかつて肌《はだ》に汗を知らず足は氷のようにつめたく四季を通じて厚い袘綿《ふきわた》のはいった羽《は》二重《ぶたえ》もしくは縮緬《ちりめん》の小袖《こそで》を寝間着《ねまき》に用い裾《すそ》を長くひいたまま着て両足を十分に包んで寝《い》ねそれで少しも寝姿《ねすがた》が乱れなかった。上気《じょうき》することを恐《おそ》れるためなるべく炬燵《こたつ》や湯たんぽを用いずあまり冷えると佐助が両足を懐《ふところ》に抱《だ》いて温《ぬく》めたがそれでも容易に温もらず佐助の胸がかえって冷え切ってしまうのであった入浴の時は湯殿《ゆどの》に湯気がこもらぬように冬でも窓を開け放ち微温湯《ぬるまゆ》に一二分間ずつ何回にも漬《つ》かるようにした長湯をすると直《じ》きに動悸《どうき》がして湯気に上りそうになるのでできるだけ短時間にあたたまり大急ぎで体を洗わねばならぬかくのごときことを知れば知るほど佐助の労苦真に察すべしである。しかも物質的に報いられるところは甚《はなは》だ薄《うす》く給料等も時々の手当てに過ぎず煙草《たばこ》銭にも窮《きゅう》することがあり衣類は盆暮《ぼんく》れに仕着せをもらうだけであった師匠《ししょう》の代稽古《だいげいこ》はするけれども特別の地位は認められず門弟や女中どもは彼を

羽二重
薄《うす》くなめらかな絹織物。

小袖
袖口の小さな和服。絹の綿入れの着物。

仕着せ
時候に応じて主人から奉行人《ほうこうにん》へ与《あた》えられる衣服のこと。

「佐助どん」と呼ぶように命ぜられ出稽古《でげいこ》の供をする時は玄関《げんかん》先で待たされた。ある時佐助むし歯を病み右の頬がおびただしく脹《は》れ上がり夜に入ってから苦痛堪《た》え難《がた》きほどであったのを強《し》いてこらえて色に表さず折々そっとうがいをして息がかからぬように注意しながら仕えているとやがて春琴は寝床《ねどこ》にはいって肩《かた》をもめ腰《こし》をさすれと言う言われるままにしばらく按摩《あんま》しているともうよいから足を温めよと言うかしこまって裾の方に横臥《おうが》し懐を開いて彼女《かのじょ》のあしのうらを我《わ》が胸板《むないた》の上に載《の》せたが胸が氷のごとく冷えるのに反し顔は寝床のいきれのためにかっかっと火照《ほて》って歯痛がいよいよ激しくなるのにたまりかね、胸の代わりに脹れた頬をあしのうらへあてて辛《かろ》うじてしのいでいるとたちまち春琴がいやと言うほどその頬をけったので佐助は覚えずあっと言って飛び上がった。すると春琴が曰《いわ》くもう温めてくれぬでもよい胸で温めよとは言うたが顔で温めよとは言わなんだあしのうらに眼《め》のなきことは眼明《あ》きも盲人《もうじん》も変わりはないに何とて人を欺《あざむ》かんとはするぞ汝《なんじ》が歯を病んでいるらしきは大方昼間の様子にても知れたりかつ右の頬と左の頬と熱も違《ちが》えば脹れ加減も違うことはあしのうらにてもよくわかるなりさほど苦しくば正直に言うたらよろしからん妾《わらわ》とても召使《めしつかい》をいたわる道を知らざるにあらずしかるにいかにも忠義らしく装《よそお》いながら主人の体をもって歯を冷やすとは大それた横着者かなその心底憎《しんていにく》さも憎しと。春琴の佐助を遇《ぐう》することおおよそこのたぐいであったわけても彼《かれ》が年若い女弟子《でし》に親切にしたり稽古《けいこ》してやったりするのをよろこばずたまたまそういう疑いがあると嫉妬《しっと》を露骨《ろこつ》に表さないだけいっそう意地の悪い当たり方をしたそんな場合に佐助は最も苦しめられた

○

女で盲目《もうもく》で独身であれば贅沢《ぜいたく》といっても限度があり美衣美食をほしいままにしてもたかが知れているしかし春琴《しゅんきん》の家には主一人に奉公人《ほうこうにん》が五六人も使われている月々の生活費も生やさしい額ではなかったなぜそんなに金や人手がかかったというとその第一の原因は小鳥道楽にあったなかんずく彼女《かのじょ》は鶯《うぐいす》を愛した。今日啼《な》きごえの優《すぐ》れた鶯は一羽一万円もするのがある往時といえども事情は同じだったであろう。もっとも今日と昔とでは啼きごえの聴《き》き分け方や翫賞《がんしょう》法が幾分《いくぶん》異なるらしいけれどもまず今日の例をもって話せ

横着者　ずるい、怠《なま》け者。

なかんずく　いろいろある中でも特に。とりわけ。

ばケッキョ、ケッキョ、ケッキョ、ケッキョと啼くいわゆる谷渡《たにわた》りの声ホーキーベカコンと啼くいわゆる高音《こうね》、ホーホケキョウの地声のほかにこの二種類の啼き方をするのが値打ちなのであるこれは藪《やぶ》鶯では啼かないたまたま啼いてもホーキーベカコンと啼かずにホーキーベチャと啼くから汚《きたな》い、ベカコンと、コンという金属性の美しい余韻《よいん》をひくようにするにはある人為《じんい》的な手段をもって養成するそれは藪鶯の雛《ひな》を、まだ尾《お》の生えぬ時に生け捕《ど》ってきて別な師匠《ししょう》の鶯に付けて稽古させるのである尾が生えてからだと親の藪鶯の汚い声を覚えてしまうのでもはや矯正《きょうせい》することができない。師匠の鶯も元来そういうふうにして人為的に仕込《しこ》まれた鶯であり有名なのは「鳳凰《ほうおう》」とか「千代の友」とかいったようにそれぞれ銘《めい》を持っているさればどこの誰氏《たれうじ》の家にはしかじかの名鳥がいるということになれば鶯を飼っている者はわが鶯のためにはるばるとその名鳥のもとを訪ね啼き方を教えてもらうこの稽古を声をつけに行くと言いたいてい早朝に出かけて幾日《いくにち》も続ける。時には師匠の鶯の方から一定の場所に出張し弟子の鶯どもがその周囲に集まりあたかも唱歌の教室のごとき観を呈《てい》するもちろん個々の鶯によって素質の優劣《ゆうれつ》声の美醜《びしゅう》があ

谷渡り
鶯が谷から谷へとわたってゆきながら鳴くときの声。

り、同じ谷渡《たにわた》りや高音《こうね》にも節まわしの上手下手余韻《よいん》の長短等さまざまであるから良き鶯《うぐいす》を獲《と》ることは容易にあらず獲れば授業料のもうけがあるので価《あたい》の高いのは当然である。春琴はわが家に飼っている一番優秀《ゆうしゅう》な鶯に「天鼓《てんこ》」という銘《めい》をつけて朝夕その声を聴《き》くのを楽しんだ天鼓の啼《な》く音は実に見事であった高音のコンという音の冴《さ》えて余韻のあることは人工の極致《きょくち》を尽《つ》くした楽器のようで鳥の声とは思われなかったそれに声の寸が長く張りもあればつやもあったされば天鼓の取り扱《あつか》いは甚《はなは》だ鄭重《ていちょう》で食物のごときも注意に注意を加えさせた普通《ふつう》鶯の擦《す》り餌《え》を作るには大豆と玄米《げんまい》を炒《い》って粉にした物へ糠《ぬか》を交じえて白粉《しらこ》を製し、別に鮒《ふな》や鮠《はえ》の干したのを紛にした鮒粉《ふなこ》というものを用意してこの二つを半々に混じ大根の葉を擦った汁《しる》で溶《と》くなかなかめんどうなものであるそのほか声をよくするためにはえびづるという蔓草《つるくさ》の茎《くき》の中に巣食う昆虫を捕《と》って来て日に一匹《ぴき》あるいは二匹《ひき》あて与《あた》えるかくのごとき手数《てかず》を要する鳥をたいがい五六羽は飼育していたので奉公人《ほうこうにん》の一人か二人はいつもそれに係りきりであった。また鶯は人の見ている前では啼かない籠《かご》を飼桶《こおけ》という桐《きり》の箱に入れ障子《しょうじ》をはめて密閉し紙の外からほんのり明かりがさすようにするこの飼桶の障子には紫檀黒檀《したんこくたん》などを用いて精巧《せいこう》な彫刻《ちょうこく》を施《ほどこ》したりあるいは蝶貝《ちょうがい》を鏤《ちりば》め蒔絵《まきえ》を描《か》いたりして趣向《しゅこう》を凝《こ》らし中には骨董《こっとう》品などもあって今日でも百円二百円五百円などという高価なのが珍《めずら》しくない天鼓の飼桶には支那《しな》から舶載《はくさい》したという逸品《いっぴん》がはまっていた骨は紫檀で作られ腰《こし》に琅玕《ろうかん》の翡翠《ひすい》の板が入れてありそれへ細々《こまごま》と山水楼閣《さんすいろうかく》の彫《ほ》りがしてあったまことに高雅《こうが》なものであった。春琴は常にわが居間《いま》の床脇《とこわき》の窓の所にこの箱を据《す》えて聴き入り天鼓の美しい声がさえずる時は機嫌《きげん》がよかったゆえに奉公人どもはせいぜい水をかけてやり啼かせるようにしたたいてい快晴の日の方がよく啼くので天気の悪い日はしたがって春琴も気むずかしくなった天鼓の啼くのは冬の末より春にかけてが最も頻繁《ひんぱん》で夏に至るとおいおい回数が少なくなり春琴も次第《しだい》に鬱々《うつうつ》とする日が多かった。いったい鶯は上手に飼えば寿命《じゅみょう》が長いものだけれどもそれには細心の注意が肝要《かんよう》で経験のない者に任せたらじき死んでしまう死ねばまた代わりの鶯を買う春琴の家でも初代の天鼓は八歳《さい》の時に死しその後しばらく二代目を継《つ》ぐ名鳥を得られなかったが、数年を経《へ》てようやく先代を恥《は》ずかしめぬ鶯を養成しこれを再び天鼓と名づけて愛翫《あいがん》した「二代

舶載　船で運んでくること。

琅玕　硬玉《こうぎょく》の一種で、半透明《とうめい》の美しいつやをもった石。

目の天鼓《てんこ》も亦《また》その声霊妙《れいめう》にして迦陵頻迦《かりようびんが》を欺《あざむ》きければ日夕籠《につせきかご》を座右に置きて鍾愛《しようあい》すること大方《おほかた》ならず、常に門弟等をしてこの鳥の啼《な》く音に耳を傾《かたむ》けしめ、然《しか》る後に諭《さと》して曰《いは》く、汝等《なんぢら》天鼓の唄《うた》ふを聴《き》け、元来は名もなき鳥の雛《ひな》なれども幼少より練磨《れんま》の功空《こうむな》しからずしてその声の美なること全く野生の鶯《うぐひす》と異《こと》なれり、人或《あるい》は云《い》はん、かくの如《ごと》きは人工の美にして天然の美にあらず、谷深き山路に春を訪ね花を探《さぐ》りて歩く時流れを隔《へだ》つる霞《かすみ》の奥《おく》に思ひも寄らず啼き出《い》でたる藪《やぶ》鶯の声の風雅《ふうが》なるに如《し》かずと、然《しか》れども妾《わらは》は左様には思はず、藪鶯は時と所を得て始めて雅致《がち》あるやうに聞《きこ》ゆる也《なり》、その声を論ずれば未《いま》だ美なりと云ふべからず、之《これ》に反して天鼓の如き名鳥の囀《さへづ》るを聞けば、居《ゐ》ながらにして幽邃閑寂《ゆうすいかんじやく》なる山峡《さんけふ》の風趣《ふうしゆ》を偲《しの》び、渓流《けいりう》の響《ひびき》の潺湲《せんかん》たるも尾《を》の上の桜の靉靆《あいたい》たるも悉《ことごと》く心眼心耳《しんがんしんじ》に浮《う》かび来《き》たり、花も霞もその声の裡《うち》に備はりて身は紅塵万丈《こうぢんばんじやう》の都門にあるを忘るべし、是《こ》れ技工を以《もつ》て天然の風景とその徳を争ふもの也音曲《おんぎよく》の秘訣《ひけつ》もここに在りと。又鈍根《またどんこん》の子弟を恥ぢしめて、小禽《せうきん》と雖《いへど》も芸道の秘事《ひじ》を解するにあらずや汝人間に生まれながら鳥類にも劣《おと》れりと叱陀《しつた》すること屢々《しばしば》なりき」なるほど理屈《りくつ》はその通りであるが何かにつけて

迦陵頻迦　極楽《ごくらく》にいるという想像上の鳥の名。顔は女性で、声が美しいとされている。

幽邃閑寂　ひっそりとものしずかで、奥深いさま。

潺湲　浅い水が流れるさま。また、その水音。

靉靆たる　雲のたなびくさま。ここでは満開の桜を雲のさかんなさまに例えている。

鶯に比較されては佐助《さすけ》を始め門弟一同やりきれなかったことであろう

○

鶯に次いで愛したものは雲雀《ひばり》であったこの鳥は天に向かって飛揚《ひよう》せんとする習性があり籠《かご》の裡《うち》にあっても常に高く舞《ま》い上がるので籠の形も縦に細長く造り三尺四尺五尺というような丈《たけ》に達する。しかれども雲雀の声を真に賞美するには籠より放ってその姿の見えずなるまで空中に舞い上がらせ、雲の奥深く分け入りながら啼く声を地上にあって聞くのであるすなわち雲切りの技《わざ》を楽しむ。たいてい雲雀は一定時間空中に留《とど》まった後再び元の籠へ舞い戻《もど》って来る空中に留まっている時間は十分ないし二三十分であり長く留まっているほど優秀《ゆうしゅう》な雲雀であるとされるゆえに雲雀の競技会の時には籠を一列に並べて置き同時に戸を開いて空へ放ちやり最後に戻って来たものを勝ちとする。劣等《れっとう》の雲雀は戻って来る時誤って隣《となり》の籠へはいったり甚《はなは》だしきは一丁も二丁も離《はな》れた所へ下りたりするが普通《ふつう》はちゃんと自分の籠をわきまえているけだし雲雀は垂直に舞い上がり空中の一箇《か》所に留まっていて再び垂直に降下するのであるされば自然と元の籠《かご》へ戻《もど》るようになる雲切りとはいうけれども雲を切って横に飛ぶのではない雲を切るように見えるのは雲の方が雲雀《ひばり》をかすめて飛ぶためである。淀屋橋筋《よどやばしすじ》の春琴《しゅんきん》の家の隣《となり》近所に家居《かきょ》する者はうららかな春の日に盲目《もうもく》の女師匠《ししょう》が物干し台に立ち出《い》でて雲雀を空に揚《あ》げているのを見かけることが珍《めずら》しくなかった彼女《かのじょ》の傍《そば》にはいつも佐助《さすけ》が侍《はべ》り外に鳥籠《とりかご》の世話をする女中が一人ついていた女師匠が命ずると女中が籠の戸を開ける雲雀は嬉々《きき》としてツンツン啼《な》きながら高く高く昇《のぼ》って行き姿を霞《かすみ》の中に没《ぼっ》する女師匠は見えぬ眼《め》を上げて鳥影《とりかげ》を追いつつやがて雲の間から啼きしきる声が落ちて来るのを一心に聴《き》き惚《ほ》れている時には同好の人々がめいめい自慢《じまん》の雲雀を持ち寄って競技に興じていることもある。そういう折に隣近所の人々も自分たちの家の物干しに上って雲雀の声を聴かせてもらう中には雲雀よりも別嬪《べっぴん》の女師匠の顔を見たがる手合いもある町内の若い衆《しゅ》などは年中見馴《な》れているはずだのに物好きな痴漢《ちかん》はいつの世にも絶えないもので雲雀の声が聞こえるとそれ女師匠が拝めるぞとばかり急いで屋根へ上って行った彼等《かれら》がそんなに騒《さわ》いだのは盲目というところに特別の魅力《みりょく》と深みを感じ、好奇心《こうきしん》をそそられたのであろう平素佐助に手を曳《ひ》かれて出稽古《でげいこ》に赴《おもむ》く時は黙々《もくもく》としてむずかしい表情をしているのに、雲雀を揚げる時は晴れやかに微笑《ほほえ》んだり物を言ったりする様子なので美貌《びぼう》が生き生きと見えたのでもあろうか。まだこの外にも駒鳥《こまどり》鸚鵡《おうむ》目白《めじろ》頬白《ほおじろ》など飼ったことがあり時によっていろいろな鳥を五羽も六羽も養っていたそれらの費用はたいていでなかったのである

○

彼女はいわゆる内面《うちづら》の悪い方であった外に出ると思いのほか愛想《あいそ》がよく客に招かれた時などは言語動作がいたってしとやかで色気があり家庭で佐助《さすけ》をいじめたり弟子《でし》を打ったりののしったりする婦人とは受け取りかねる風情《ふぜい》があったまたつきあいのためには見えを飾《かざ》り派手を喜び祝儀《しゅうぎ》無祝儀《ぶしゅうぎ》盆暮《ぼんく》れの贈答《ぞうとう》等には鵙屋《もずや》の娘《むすめ》たる格式をもってなかなかの気前を見せ、下男下女おちゃこ駕籠《かご》舁き人力車夫等への纏頭《てんとう》にも思い切った額をはずんだ。だがそれならば無鉄砲《むてっぽう》な浪費《ろうひ》家であったかというのに、断じてそうではなかったらしいかつて作者は「私の見た大阪及《おおさかおよ》び大阪人」と題する篇中《へんちゅう》に大阪人のつまし

おちゃこ　京阪の芝居《しばい》茶屋、寄席《よせ》などで、客を座席へ案内したり、弁当などを運んだりする女性。

纏頭　当座の祝儀《しゅうぎ》として渡《わた》す金銭。

「私の見た大阪及び大阪人」（一九三二）谷崎潤一郎の随筆《ずいひつ》。

い生活ぶりを論じ東京人の贅沢《ぜいたく》には裏も表もないけれども大阪《おおさか》人はいかに派手好きのように見えても必ず人の気のつかぬ所で冗費《じょうひ》を節し締《し》めくくりをつけていることを説いたが春琴《しゅんきん》も道修町《どしょうまち》の町家の生まれであるどうしてその辺にぬかりがあろうや極端《きょくたん》に奢侈《しゃし》を好む一面極端に吝嗇《りんしょく》で欲張りであった。もともと派手を競うのは持ち前の負けじ魂《だましい》に発しているのでその目的にそわぬ限りはみだりに浪費《ろうひ》することなくいわゆる死に金を使わなかった気紛《まぐ》れにぱっぱっと播《ま》き散らすのでなく使途を考え効果を狙《ねら》ったのであるその点は理性的打算的であったされぱある場合には負けじ魂がかえって貪慾《どんよく》に変形し門弟より徴《ちょう》する月謝やお膝《ひざ》付きのごとき、女の身としておおよそ他の師匠《ししょう》連とのふり合いもあるべきに自ら恃《じ》することすこぶる高く一流の検校《けんぎょう》と同等の額を要求して譲《ゆず》らなかった。そのくらいはまだよいとして弟子《でし》どもが持って来る中元や歳暮《せいぼ》の付け届け等にまで干渉《かんしょう》し少しでも多いことを希望して暗々《あんあん》裡《り》にその意を諷《ふう》すること執拗《しつよう》をきわめたある時盲人《もうじん》の弟子があり家貧しきゆえに月々の謝礼も滞《とどこお》りがちであったが中元に付け届けをすることができず心ばかりに白仙羹《はくせんこう》を一折《ひとおり》買ってきて情を佐助に訴《うった》え、何とぞ私の貧を憐《あわれ》みお師

奢侈
過度のぜいたくのこと。

吝嗇
ものや金銭を惜《お》しむこと。けち。

お膝付き
技芸の師匠に入門するとき、挨《あい》拶《さつ》がわりに持参する礼物。入門料。

自ら恃する
自らをたのみとする。自負。

諷する
遠回しに言う。

白仙羹
干菓子《ひがし》の一種。

匠様にそこをよろしくおとりなし下されお目こぼしを願いたくと言った。佐助も気の毒に思い恐《おそ》る恐るその旨《むね》を取り次いで陳弁《ちんべん》するとにわかに顔の色を変えて月謝や付け届けをやかましく言うのを欲張りのように思うかしれぬがそんな訳ではない銭金はどうでもよけれど大体の目安《めやす》を定めておかなんだら師弟の礼儀《れいぎ》というものが成り立たぬ、あの子は毎月の謝礼をさえ怠《おこた》り今また白仙羹一折を中元と称《しょう》して持参するとは無礼の至り師匠を蔑《ないがし》ろにすると言われても仕方がなかろう、せっかくながらそれほど貧しくては芸道の上達もおぼつかないもちろん事と品によっては無報酬《むほうしゅう》にて教えてやらぬものでもないがそれは行く末に望みもあり万人に才を惜《お》しまれるような麒麟《きりん》児に限ったこと、貧苦に打ちかちひと廉《かど》の名人となるほどの者は生まれつきから違《ちが》っているはず根と熱心とばかりではゆかぬあの子は厚かましいだけが取《と》り柄《え》で芸の方はさして見込みがあろうとも思えず貧を憐んでくだされなどとはうぬぼれも甚《はなはだ》しい、なまじ人に迷惑《めいわく》をかけ恥《はじ》を曝《さら》すよりもうこの道で立つことをふっつりあきらめたがよかろう、それでも習いたいのなら大阪には幾《いく》らもよい師匠があるどこへなと勝手に弟子入りをしや私の所は今日限り止《や》めてもらいま

麒麟児　技芸や才能が抜《ぬ》きんでて優《すぐ》れた子どもや若者。

すこちらから断りますと、言い出したからはいかに詫《わ》び入っても聴《き》き入れずとうとう本当にその弟子《でし》を断ってしまった。また余分の付け届けを持って行くとさしも稽古《けいこ》の厳重な彼女《かのじょ》もその日一日はその子に対して顔色を和《やわら》げ心にもない褒《ほ》め言葉をはいたりするので聞く方が気味を悪がりお師匠《ししょう》さんのお世辞というと恐《おそ》ろしいものになっていた。そんなしだいゆえ諸方からの到来物《とうらいもの》はいちいち自ら吟味《ぎんみ》して菓子の折まで開けて調べるというふうで月々の収入支出等も佐助を呼びつけて珠算盤《そろばん》を置かせ決算を明らかにした彼女は非常に計数に敏《さと》く暗算が達者であり一度聞いた数字は容易に忘れず米屋の払《はら》いがいくらいくら酒屋の払いがいくらいくらと二月三月前のことまで正確に覚えていた畢竟《ひっきょう》彼女の贅沢《ぜいたく》は甚《はなは》だしく利己的なもので自分が奢《おご》りにふけるだけどこかで差し引きをつけなければならぬ結局お鉢《はち》は奉公人《ほうこうにん》に回った。彼女の家庭では彼女一人が大名のような生活をし佐助以下の召使《めしつかい》は極度の節約を強《し》いられるため爪《つめ》に火をともすようにして暮らしたその日その日の飯の減り方まで多いの少ないのと言うので食事も十分には摂《と》れなかったくらいであった奉公人は陰口《かげぐち》をきいて、お師匠様は鶯《うぐいす》や雲雀《ひばり》の方がお前らより忠義者だとおっ

畢竟
結局は。つまるところ。

しゃるが忠義なのも無理がない、私らよりも鳥の方がずっと大事にされていると言った

○

鵙屋《もずや》の家でも父の安左衛門《やすざえもん》が生存中は月々春琴《しゅんきん》の言うがままに仕送ったけれども父親が死んで兄が家督《かとく》を継《つ》いでからはそうそう言うなりにもならなかった。今日でこそ有閑婦人《ゆうかん》の贅沢はさまで珍《めずら》しくないようなものの昔は男子でもそうはいかぬ裕福《ゆうふく》な家でも堅儀《かたぎ》な旧家ほど衣食住の奢りを慎《つつし》み僭上《せんじょう》の誹《そしり》を受けないようにし成り上がり者に伍《ご》するのを嫌《きら》った春琴に奢侈《しゃし》を許したのはほかに楽しみのない不具の身を憐《あわ》れんだ親の情であったのだが、兄の代になるとかくの批難《ひなん》が出て最大限度月にいくばくと額をきめられそれ以上の請求《せいきゅう》には応じてくれないようになった彼女の吝嗇《りんしょく》もそういうことが多分に関係しているらしい。しかしなおかつ生活を支えて余りある金額であったから琴曲の教授などはどうでもよかったにちがいなく弟子に対して鼻息《はないき》の荒《あら》かったのも当然である。事実春琴の門をたたく者は幾人《いくにん》と数えるほどで寂々《せきせき》

僭上の誹
分を越《こ》えて、おごり高ぶっているという非難。

寥々《りょうりょう》たるものであったさればこそ小鳥道楽などに耽《ふけ》っている暇《ひま》があったのであるただし春琴が生田《いくた》流の琴《こと》においても三絃《さんげん》においても当時大阪《おおさか》第一流の名手であったことは決して彼女《かのじょ》の自負のみにあらず公平な者は皆《みな》認めていた春琴の傲慢《ごうまん》を憎《にく》む者といえども心中ひそかにその技《わざ》を妬《ねた》みあるいは恐《おそ》れていたのである作者の知っている老芸人に青年のころ彼女の三絃をしばしば聴《き》いたという者があるもっともこの人は浄《じょう》るりの三味線弾《しゃみせんひ》きで流儀《りゅうぎ》は自《おのずか》ら違《ちが》うけれども近年地唄《じうた》の三味線で春琴のごとき微妙《びみょう》の音を弄《ろう》するものを他に聴いたことがないと言うまた団平《だんぺい》が若いころにかつて春琴の演奏を聞き、あわれこの人男子と生まれて太棹《ふとざお》を弾きたらんには天晴《あっぱ》れの名人たらんものをと嘆《たん》じたという団平の意太棹は三絃芸術の極致《きょくち》にしてしかも男子にあらざればついに奥義《おうぎ》を究《きわ》むるあたわずたまたま春琴の天稟《てんぴん》をもって女子に生まれたのを惜《お》しんだのであろうか、そもそもまた春琴の三絃が男性的であったのに感じたのであろうか。前掲《ぜんけい》の老芸人の話では春琴の三味線を陰《かげ》で聞いていると音締《ねじ》めが冴《さ》えていて男が弾いているように思えた音色も単に美しいのみではなくて変化に富み時には沈痛な深みのある音を出したといういかさま女子には珍《めずら》

浄るり
浄瑠璃《るり》。三味線音楽における語りものの一つ。現在は、義太夫節《ぎだゆうぶし》が、その代表的なものとなっている。

地唄
三味線音楽の一種。江戸《えど》に対し、上方(京阪《けいはん》地方)に普及した歌をこう呼んだとされる。地唄は生田流箏曲《そうきょく》と強い結びつきをもつ。

◇太棹
義太夫節などに使用する棹の太い三味線。幅《はば》の

しい妙手《みょうしゅ》であったらしい。もし春琴が今少し如才《じょさい》なく人にへりくだることを知っていたなら大いにその名が顕《あら》われたであろうに富貴《ふうき》に育って生計の苦難を解せず気随気儘《きずいきまま》にふるまったために世間から敬遠され、その才のゆえにかえって四方に敵を作りむなしく埋《うも》れ果てたのは自業《じごう》自得ではあるけれどもまことに不幸といわねばならぬ。されば春琴の門に入る者はかねてより彼女の実力に服しこの人をおいて師と頼《たの》む者はないというふうに思いつめ、修業《しゅぎょう》のためには甘《あま》んじて苛辣《からつ》な鞭撻《べんたつ》を受けよう怒罵《どば》も打擲《ちょうちゃく》も辞するところにあらずという覚悟《かくご》の上で来たのであったがそれでも長く堪《た》え忍《しの》んだ者は少なくたいていは辛抱《しんぼう》できずにしまった素人《しろうと》などは一《ひと》月と続かなかった。按《あん》ずるに春琴の稽古《けいこ》ぶりが鞭撻の域を通りこして往々意地の悪い折檻《せっかん》に発展し嗜虐《しぎゃく》的色《しき》彩《さい》をまで帯びるに至ったのは幾分《いくぶん》か名人意識も手伝っていたのであろうすなわちそれを世間も許し門弟も覚悟していたのでそうすればするほど名人になったような気がし、段々図《ず》に乗ってついに自分を制しきれなくなったのである

ある、力強い音が出る。

音締め　琴や三味線などの弦を巻きしめて調子を整えること。またその音の冴えや音色。

如才なく　相手の気持ちをよくとらえて応対する。

按ずるに　考えてみると。

○

鴫沢《しぎさわ》てる女《じょ》はいう、お弟子《でし》さんはほんに少のうございましたが中にはお師《し》匠《しょう》さんの御器量《ごきりょう》が目あてで習いに来られるお人もございました、素人衆《しろうとしゅう》はたいがいそんなのが多かったようでございますと。美貌《びぼう》で未婚でかつ資産家の娘《むすめ》であったからこれはいかにもありそうに思われる彼女《かのじょ》が弟子を遇《ぐう》すること峻烈《しゅんれつ》であったのはそういう冷やかし半分の狼《おおかみ》連を撃退《げきたい》する手段でもあったというが皮肉にもそれがかえって人気を呼んだらしくもある邪推《じゃすい》をすればまじめな玄人《くろうと》の門弟の中にも盲目《もうもく》の美女の笞《しもと》に不思議な快感を味わいつつ芸の修業《しゅぎょう》よりもその方に惹《ひ》きつけられていた者が絶無ではなかったであろう幾人《いくにん》かはジャン・ジャック・ルーソーがいたであろう今や春琴《しゅんきん》の身に降りかかった第二の災難を叙《じょ》するに際し伝にも明瞭《めいりょう》な記載を避けてあるためにその原因や加害者を判然と指摘《してき》し得ないのが残念であるが、おそらく上記のごとき事情で門弟の何者かに深刻な恨《うら》みを買いその復讐《ふくしゅう》を受けたと見るのが最も当たっているようである。ここに考えられることは土佐堀《とさぼり》の雑穀商美濃屋《みのや》九《きゅう》

ジャン・ジャック・ルーソー　（一七一二〜一七七八）フランス十八世紀の代表的な啓蒙《けいもう》思想家。人民主権をとなえた。ここでは、その『告白』でルソー自身が被虐《ひぎゃく》的傾向があることを語ったことを指す。

兵衛《べえ》のせがれに利太郎《りたろう》というぼんちがあったなかなかの放蕩者《ほうとう》でかねてより遊芸自慢《ゆうげいじまん》であったがいつのころよりか春琴の門に入って琴三味線《ことしゃみせん》を習っていたこの者親の身代を鼻にかけどこへ行っても若旦那《だんな》で通るのをよいことにしていばる癖《くせ》があり同門の子弟を店の番頭手代《てだい》並みに心得見下すふうがあったので春琴も心中おもしろくなかったけれども、そこは例の付け届けを十分にたっぷり薬をきかしてあるので断りもならずせいぜい如才《じょさい》なくあつかっていた。しかるにさすがのお師匠さんも己《おれ》には一目おいているなどと言い触《ふ》らしことに佐助《さすけ》を軽蔑《けいべつ》して彼《かれ》の代稽古《だいげいこ》を嫌《きら》いお師匠さんの教授でなければ治まらずだんだん増長する様子に春琴も癇癖《かんぺき》をつのらせていたところ父親九兵衛が老後の用意に天下茶屋の閑静《かんせい》な場所を選び葛家葺《くずやぶき》の隠居《いんきょ》所を建て十数株の梅の古木を庭園に取りこんであったがある年の如月《きさらぎ》にここで梅見の宴《えん》を催し、春琴を招いたことがあった。総大将は若旦那の利太郎それに幇間《ほうかん》芸者らの末《まっ》社《しゃ》が加わり春琴には佐助が付き添《そ》って行ったことというまでもない佐助はその日利太郎はじめ末社からちょいちょい杯《さかずき》をさされるので大いに当惑《とうわく》した近ごろ師匠の晩酌《ばんしゃく》の相手をして少しばかり手が上がったけれどもあまりいける口

放蕩者
仕事をせずに遊び暮らす者。

増長
調子に乗って威《い》張《ば》ること。

葛屋葺
草で葺いた屋根。茅《かや》葺きや藁《わら》葺きの屋根。

幇間
昔、遊郭《ゆうかく》などで芸や話術で座を盛り上げる仕事をした男性。

末社
遊里で、客の取り持ちをする者。転じて、取り巻きの人。

でなかったしよそへ行っては師匠《ししょう》の許可がない限り一滴《いってき》といえども飲むことを禁ぜられていたし酔《よ》っては肝腎《かんじん》の手曳《てひ》きの役が忽諸《こっしょ》になるから飲むまねをしてごまかしているのを利太郎《りたろう》が眼敏《めざと》く見つけ、お師匠はん、お師匠はんのお許しが出な佐助どん飲みゃはれしまへん今日は梅見だっしゃないかいな一日くらいゆっくりさしたげなはれ佐助どんがへたばったかて手曳きになりたがってる者がそこらに二人や三人いまんねと胴間《どうま》声でからんで来るので苦笑いしながらまあまあ少しはようござりますあまり酔わさんようにしてやってくだされと程《ほど》よくあしらうとさあお許しが出たとばかりにあちらからもこちらからもさすそれでもきっと引き締《ひ》めて七分通りは盃洗《はいせん》に飲ました。その日一座に連なった幇間《ほうかん》も芸者もかねて聞き及《およ》んだ高名の女師匠を眼《ま》のあたりに見うわさにたがわぬ姥桜《うばざくら》の艶姿《あですがた》と気韻《きいん》とに驚《おどろ》かぬ者なく口々に褒《ほ》めそやしたというそれは利太郎の胸中を察し歓心《かんしん》を買わんがためのお世辞でもあったであろうが当時三十七歳《さい》の春琴は実際よりもたしかに十は若く見え色あくまで白くして襟元《えりもと》などは見ている者がぞくぞくと寒気がするように覚えた甲《こう》の色のつやつやとした小さな手をつつましく膝《ひざ》に置いてうつむき加減にしている

忽諸　なおざり。

胴間声　調子の外れた太い声。

盃洗　酒宴《しゅえん》の席で、杯《さかずき》を洗いすすぐために水を入れておくうつわ。

盲目《もうもく》のかおのあでやかさは一座の瞳《ひとみ》をことごとく惹《ひ》き寄せて恍惚《こうこつ》たらしめたのであった。滑稽《こっけい》なことは皆《みな》が庭園へ出て逍遥《しょうよう》した時佐助は春琴を梅花の間に導いてそろりそろり歩かせながら「ほれ、ここにも梅がございます」といちいち老木の前に立ち止まり手をとって幹をなでさせたおよそ盲人《もうじん》は触覚《しょっかく》をもって物の存在を確かめなければ得心《とくしん》しないものであるから、花木の眺《なが》めを賞するにもそんなふうにする習慣がついていたのであるが、春琴の繊手《せんしゅ》が佶《きっ》屈《くつ》した老梅《ろうばい》の幹をしきりになでまわす様子を見るや「ああ梅の樹《き》が羨《うらや》ましい」と一幇間が奇声《きせい》を発したすると今一人の幇間が春琴の前に立ちふさがり「わたい梅の樹だっせ」と道化《どうけ》た恰好《かっこう》をして疎影横斜《そえいおうしゃ》の態をなしたので一同がどっと笑い崩《くず》れた。これらは一種の愛嬌《あいきょう》であって春琴を讃《たた》える意味にこそなれ侮《あなど》る心ではなかったけれども遊里の悪洒落《わるじゃれ》に馴《な》れない春琴はあまりよい気持ちがしなかったいつも眼明《めあ》きと同等に待遇《たいぐう》されることを欲《ほっ》し差別されるのを嫌《きら》ったのでこういう冗談《じょうだん》は何よりも癇《かん》に触《さわ》った。やがて夜に入り座敷《ざしき》を変えて再び宴《えん》を開いた時佐助どんあんたも疲《つか》れはったやろお師匠はんはわいが預かる、あっちに支度《したく》したあるさかい一杯《いっぱい》やって来とくなはれと言われる

疎影横斜　枝を張り、幹を斜《なな》めに傾《かたむ》けた梅の木のさま。

ままに、むやみに酒を強《し》いられぬうち腹をこしらえておくに如《し》かずと佐助は別室へ引き退《さが》って先に夕飯の馳走《ちそう》を受けたが御飯《ごはん》をいただきますというのを銚子《ちょうし》を持った老妓《ろうぎ》の一人がべったり着《つ》き切りでまあお一つまあお一つと重ねさせるおかげで思いのほか時間をつぶしたが食事を済ませてもしばらく呼びに来ないのでそこに控《ひか》えていた間に座敷《ざしき》の方でどういうことがあったのか、佐助を呼んでくだされと言うのを無理にさえぎり手水《ちょうず》ならばわいがついて行ったげると廊下《ろうか》へ連れて出て手を握《にぎ》ったか何かであろう、いえいえやはり佐助を呼んでくだされと強情《ごうじょう》に手を振《ふ》り払《はら》ってそのまま立ちすくんでいる所へ佐助がかけつけ、顔色でそれと察した。しかし結局こんなことから出入りをしなくなってくれたらよい塩梅《あんばい》だと思っていたのに色男を台無しにされては素直《すなお》にあきらめきれなかったものかまた明くる日からずうずうしくも平気で稽古《けいこ》にやって来たのでそれならば本気でたたきこんでやる真剣《しんけん》の修行《しゅぎょう》に堪《た》えるなら堪えてみよとにわかに態度を改めてピシピシと教えた。そうなると利太郎《りたろう》は面くらって毎日三斗《さんと》の汗《あせ》を流しふうふう言い出した元来が自分免許《めんきょ》の芸でおだてられているうちはよいが意地悪く突《つ》っ込《こ》まれたらアラだらけで

三斗の汗
一斗は十升《しょう》で、約一八リットル。大量の汗をかいて苦心することのたとえ。

自分免許
自分勝手に免許を得たものと決めて、得意になること。

あるそこへ無遠慮《ぶえんりょ》な怒罵《どば》が飛ぶから稽古に事寄せて隙《すき》もあらばと言うようなだらけた心では辛抱《しんぼう》しきれずしだいに横着になりいくら熱心に教えてもわざと気のない弾《ひ》き方をするついに春琴は「阿呆《あほ》」と言いさま撥《ばち》をもって打った弾《はず》みに眉間《みけん》の皮を破ったので利太郎は「あ痛」と悲鳴を挙《あ》げたが、額からぽたぽた滴《た》れる血を押し拭《ぬぐ》い「覚えてなはれ」と捨て台辞《ぜりふ》を残して憤然《ふんぜん》と座を立ちそれきり姿を見せなかった

○

一説に春琴《しゅんきん》に危害を加えた者は北の新地《しんち》辺に住む某《ぼう》少女の父親ではなかったかというこの少女は芸者の下地《したじ》ッ子であったからみっちり仕込《しこ》んでもらうつもりで稽古の辛さをこらえつつ春琴の門に通っていたところある日撥で頭を打たれ泣いて家へ逃げ帰ったその傷痕《きずあと》が生え際《ぎわ》に残ったので当人よりも親《おや》父《じ》がカンカンに腹を立てて捻《ね》じ込んだ多分養父ではない実父だったのであろうなんぼ修行だからといって年《とし》歯《は》も行かぬ女の子をさいなむにも程《ほど》がある、売り物の顔に疵《きず》をつけられこのままでは済まされないどうしてくれるとだい

北の新地　大阪《おおさか》市北区の堂島、曽根崎新地あたりの一画で、江戸《えど》時代から茶屋街として栄えた。

下地ッ子　将来芸者などにするために、遊芸などを習わせ養育しておく童女。

ぶ過激な言辞を使ったので持ち前のきかぬ気を出し妾《わたし》の所はしつけが厳しいので通っているそのくらいならなんで稽古《けいこ》によこしなさったのかと逆捻《さかね》じ的の挨拶《あいさつ》をしたすると親父《おやじ》も負けてはいず打つのもなぐるのもよいが眼《め》の見えぬお人のすることは危険だどこへどんな怪我《けが》をさせるかも知れぬ盲人《もうじん》は盲人らしく殊勝《しゅしょう》にせよと、出様《でよう》によっては暴力にも訴《うった》えかねまじき気味合いなので佐助《さすけ》が割ってはいりようようその場を預かって帰した春琴は真っ青になって慄《ふる》え上がり沈黙《ちんもく》してしまったが最後まで謝罪の言葉を吐《は》かなかったこの父親が娘《むすめ》の器量《きりょう》を損ぜられた仕返しに春琴の容貌《ようぼう》に悪戯《いたずら》を加えたという。しかし生え際《ぎわ》といっても額の真ん中か耳のうしろかどこかにちょっぴり痕《あと》がついたぐらいを根に持って一生相好《そうごう》が変わるほどのすさまじい危害を与《あた》えたというのはわが子いとしさに取りのぼせた親心にしてもあまり復讐《ふくしゅう》が執拗《しつよう》に過ぎる第一相手は盲人であるから美貌《びぼう》を醜貌《しゅうぼう》に変ぜしめても当人にはそれほど打撃《だげき》にはならないもし春琴のみを目的とするなら他にもっと痛快な方法もあろう。察するところ復讐者の意図は春琴を苦しめるに止《とど》まらず春琴以上に佐助を悲嘆《ひたん》せしめようとしたのではないかそれはまた結果において最も春琴を苦

逆捻じ　他から非難されたのを、逆にやりかえすこと。

しめることになるのであるかく考えれば前掲《ぜんけい》の少女の父親よりも利太郎《りたろう》を疑う方が順当のように思われるが如何《いかん》。利太郎の横恋慕《れんぼ》にどの程度の熱意があったか知るべくもないが若年《じゃくねん》のころは誰《だれ》しも年下の女より年増《としま》女の美に憧《あこが》れる恐《おそ》らく極道《ごくどう》の果てのああでもないこうでもないが昂《こう》じたあげく盲目《もうもく》の美女に蠱惑《こわく》を感じたのであろう最初は一時の物好きで手を出したとしても肘鉄《ひじてつ》砲《ぽう》を食わされた上に男の眉間《みけん》まで割られればずいぶん性悪《しょうわる》な意趣《いしゅ》晴《ば》らしをしないものでもない。だが何分にも敵の多い春琴であったからまだこのほかにもどんな人間がどんな理由で恨《うら》みを抱《いだ》いていたかも知れず一概《いちがい》に利太郎であるとは断定し難《がた》いまた必ずしも痴情《ちじょう》の沙汰《さた》ではなかったかもしれない金銭上の問題にしても、前に挙《あ》げた貧しい盲人の弟子《でし》のような残酷《ざんこく》な目に遭《あ》った者は一人や二人ではなかったというまた利太郎ほど厚《あつ》かましくはないにしても佐助を嫉妬《しっと》していた者は何人もあったという佐助が一種奇妙《きみょう》な位置にある「手曳《てひ》き」であったことは長い間には隠《かく》し切れず門弟じゅうに知れわたっていたから、春琴に思いを寄せる者はひそかに佐助の幸福を羨《うらや》みある場合には彼《かれ》のまめまめしい奉公《ほうこう》ぶりに反感を抱いていたのである。正式の夫であるな

蠱惑
　珍しさ、美しさなどで人の心をひきつけて、惑《まど》わすこと。
意趣晴らし
　しかえしをして恨みを晴らすこと。

らあるいはせめて情夫としての待遇《たいぐう》を受けているなら文句の出どころはなかったけれども表面はどこまでも手曳《てひ》きであり奉公人《ほうこうにん》であり按摩《あんま》から三介《さんすけ》の役まで勤めて春琴の身の周りのことは一切取りしきり忠実一方の人間らしくふるまっているのを見ては、裏面《りめん》の消息を解する者には片腹痛く思えたでもあろうああいう手曳きならちっとやそっと辛《つら》いことがあっても己《おれ》だって勤める感心するには当たらぬと嘲《あざけ》る者も少なくなかった。されば佐助に憎《にく》しみをかけ春琴の美貌《びぼう》が一朝《いっちょう》恐《おそ》ろしい変化を来たしたらあいつがどんな面《つら》をするかそれでも神妙《しんみょう》にあの世話の焼ける奉公をしとげるだろうかそれが見物《みもの》だという全くの敵本主義《てきほんしゅぎ》からでも決行しないとは限らない。要するに臆説紛々《おくせつふんぷん》としていずれが真相やら判定しがたいがここに全然意外な方面に疑いをかけようとする有力な一説があって曰《いわ》く、恐らく加害者は門弟ではあるまい春琴の商売敵《がたき》である某検校《ぼうけんぎょう》か某女師匠《ししょう》であろうと。別に証拠《しょうこ》はないけれどもあるいはこれが最もうがった観察であるかもしれないけだし春琴が居常傲岸《きょじょうごうがん》にして芸道にかけては自ら第一人者をもって任じ世間もそれを認める傾向《けいこう》があったことは同業の師匠連の自尊心を傷つけ時には脅威《きょうい》ともなったであろう検校

三介　銭湯で、客の背中を洗ったりして働く男性。

片腹痛く　ばかばかしくて見ていられない。

一朝　ひとたび。いったん。

敵本主義　目的が他にあるように見せかけて、本来の目的を達しようとするやり方。

傲岸　おごり高ぶって、妥協《だきょう》しないようす。

といえば昔は京都より盲人《もうじん》の男子に下される一つの立派な「位」であって特別の衣服と乗り物を許され尋常《じんじょう》芸人のやからとは世間の待遇も違《ちが》っていたのに、そういう人が春琴の技《わざ》に及《およ》ばないという噂《うわさ》を立てられては盲人であるだけに根強い意趣《いしゅ》を含《ふく》んだでもあろうしなんとかして彼女《かのじょ》の技術と評判とを葬《ほうむ》り去る陰険《いんけん》な手段をも考えたであろうよく芸の上の嫉妬《しっと》から水銀を飲ましたという例を聞くが春琴の場合は声楽と器楽と両方であったから彼女の見《み》え坊《ぼう》と器量自慢《きりょうじまん》とにつけこみ再び公衆の面前へ出られぬように相を変えさせたというのである。もし加害者が某検校にあらずして某女師匠であったとすれば器量自慢までが面憎《つらにく》かったにちがいないから彼女の美貌を破壊《はかい》し去ることにいっそうの快味《かいみ》を覚えたであろう。かく色々と疑い得らるる原因を数えて来れば早晩春琴に必ず誰《だれ》かが手を下さなければ済まない状態にあったことを察すべく彼女は知らず知らずのうちにわざわいの種を八方へまいていたのである

水銀を飲ました
水銀を飲むと声がつぶれるとされていた。

○

前記天下茶屋の梅見の宴《えん》の後約一箇《か》月半を経《へ》た三月晦日《つごもり》の夜八つ半時ごろすなわち午前三時時分に「佐助《さすけ》は春琴《しゅんきん》の苦吟《くぎん》する声に驚《おどろ》き眼覚《め》めて次の間より馳《は》せ付《つ》け、急ぎ灯火を点じて見れば、何者か雨戸をこじ開け春琴が伏戸《ふしど》に忍《しのび》入りしに、早くも佐助が起き出《い》でたるけはひを察し、一物をも得ずして逃《に》げ失《う》せぬと覚しく、既《すで》に四辺に人影もなかりき。此《こ》の時賊《ぞく》は周章《しうしやう》の余り、有り合はせたる鉄瓶《てつびん》を春琴の頭上に投げ付けて去りしかば、雪を欺《あざむ》く豊頬《ほうけふ》に熱湯の余沫《よまつ》飛び散りて口惜《くちを》しくも一点火傷《やけど》の痕《あと》を留《とど》めぬ。素《もと》より白壁《はくへき》の微瑕《びか》に過ぎずして昔ながらの花顔《くわがん》玉容は依然《いぜん》として変わらざりしかども、それより以後春琴は我《わ》が面上の些細《ささい》なる傷《きず》を恥《は》づること甚《はなはだ》しく、常に縮緬《ちりめん》の頭巾《づきん》をもって顔を覆《おほ》ひ、終日一室に籠居《ろうきよ》してかつて人前に出でざりしかば、親しき親族門弟といへどもその相貌《さうばう》を窺《うかが》ひ知り難《がた》く、為《た》めに種々なる風聞臆説《おくせつ》を生むに至りぬ」というのが春琴伝の記載《きさい》である。伝は続けて曰《いわ》く「蓋《けだ》し負傷は軽微《けいび》にして天稟《てんぴん》の美貌《びばう》を殆《ほとん》ど損《そん》ずることなかりき。その人に面接するを厭《いと》ひ

周章　あわてること。

微瑕　わずかな傷。

花顔玉容　きわめて美しい顔だちをいう。

たるは彼女《かのぢょ》が潔癖《けつぺき》の致《いた》す所にして、取るにも足らぬ傷痕《きずあと》を恥辱《ちじょく》の如《ごと》く考へしは盲人《もうじん》の思ひ過《すご》しとや云《い》はん」と。さらにまた曰く「然《しか》るに如何《いか》なる因縁《いんねん》にや、それより数十日を経て佐助も亦《また》白内障を煩《わずら》ひ、忽《たちま》ち両眼暗黒となりぬ。佐助は我が眼前朦朧《もうろう》として物の形の次第《しだい》に見え分かずなり行きし時、俄《にはか》盲目《めくら》の怪《あや》しげなる足取りにて春琴の前に至り、狂喜《きやうき》して叫《さけ》んで曰く、師よ、佐助は失明致したり、最早《もは》や一生お師匠《ししやう》様のお顔の瑕《きず》を見ずに済む也《なり》、寔《まこと》によき時に盲目となり候《さうらう》もの哉《かな》、是《こ》れ必ず天意にて侍《はべ》らんと。春琴之《これ》を聴《き》きて憮然《ぶぜん》たること良々《やや》久し矣」と。佐助が衷情《ちゅうじょう》を思いやれば事の真相を発《あば》くのに忍《しの》びないけれどもこの前後の伝の叙述《じょじゅつ》は故意に曲筆しているものと見る外《ほか》はない彼《かれ》が偶然《ぐうぜん》白内障になったというのも腑《ふ》に落ちないしまた春琴がいかに潔癖でありいかに盲人の思い過ごしであろうとも天稟の美貌を損じなかった程度の火傷であるならば何をもって頭巾で面体《めんてい》を包んだり人に接するのを厭ったりしようぞ事実は花顔玉容に無残な変化を来たしたのである。鴫沢《しぎさわ》てる女《じょ》その他二三の人の話によると賊《ぞく》は予《あらかじ》め台所に忍《しの》び込んで火を起こし湯を沸《わ》かした後、その鉄瓶を提《さ》げて伏戸に闖入《ちんにゅう》し鉄瓶の口を春琴の頭の上に傾《かたむ》け

衷情　いつわりのない本当の心。まごころ。
曲筆　事実をいつわって書くこと。

てまともに熱湯を注ぎかけたのであるという最初からそれが目的だったので普通《ふつう》の物盗《ものと》りでもなければ狼狽《ろうばい》の余《あま》りの所為《しょい》でもないその夜春琴は全く気を失い、翌朝に至って正気づいたが焼け爛《ただ》れた皮膚《ひふ》が乾《かわ》ききるまでに二箇《か》月以上を要したなかなかの重傷だったのである。さればものすごい相貌《そうぼう》の変わり方について種々奇怪《きかい》なる噂《うわさ》が立ち毛髪《もうはつ》が剝落《はくらく》して左半分が禿《は》げ頭になっていたというような風聞も根のない臆説《おくせつ》とのみ排《はい》し去る訳には行かない佐助はそれ以来失明したから見ずに済んだでもあろうけれども、「親しき親族門弟といへどもその相貌を窺《うかが》ひ知り難《がた》」かったというのはいかがであろうか絶対に何人《なんぴと》にも見せないようにすることは不可能であろうし現に鴫沢《しぎさわ》てる女《じょ》のごときも見ていないはずはないのである。ただしてる女も佐助の志を重んじ決して春琴の容貌《ようぼう》の秘密を人に語らない私もいちおうは尋《たず》ねてみたが佐助さんはお師匠《ししょう》様を始終美しい器量《きりょう》のお方じゃと思い込《こ》んでいやはりましたので私もそう思うようにしておりましたといいくわしくは教えてくれなかった

○

佐助《さすけ》は春琴《しゅんきん》の死後十余年を経《へ》た後に彼《かれ》が失明した時のいきさつを側近者に語ったことがありそれによって詳細《しょうさい》な当時の事情がようやく判明するに至った。すなわち春琴が兇漢《きょうかん》におそわれた夜佐助はいつものように春琴の閨《ねや》の次の間に眠《ねむ》っていたが物音を聞いて眼《め》を覚ますと有明行灯《ありあけあんどん》の灯《ひ》が消えてい真っ暗な中にうめきごえがする佐助は驚《おどろ》いて跳《と》び起きまず灯をともしてその行灯を提《さ》げたまま屛風《びょうぶ》の向こうに敷《し》いてある春琴の寝床《ねどこ》の方へ行ったそしてぼんやりした行灯の灯影《ほかげ》が屛風の金地に反射するおぼつかない明かりの中で部屋《へや》の様子を見回したけれども何も取り散らした形跡《けいせき》はなかったただ春琴の枕元《まくらもと》に鉄瓶《てつびん》が捨ててあり、春琴も蓐中《じょくちゅう》にあって静かに仰臥《ぎょうが》していたがなぜか呍々《うんうん》とうなっている佐助は最初春琴が夢にうなされているのだと思いお師匠さまどうなされましたお師匠さまと枕元へ寄って揺《ゆ》り起こそうとした時我知らずあと叫《さけ》んで両眼を蔽《おお》うた佐助佐助わては浅ましい姿にされたぞわての顔を見んとおいてと春琴もまた苦しい息の下から言い身もだえしつつ夢中で両手を動かし顔を隠《かく》そうとする様子にご安心なされませおかおは見はいたしませぬこの通り眼をつぶっておりますと行灯の灯を遠のけるとそれを聞いて気がゆ

有明行灯　夜の明け方までともしておく行灯。

蓐中　寝床の中。

るんだものかそのまま人事不省《じんじふせい》になった。その後も始終誰《だれ》にもわての顔を見せてはならぬきっとこのことは内密にしてと夢うつつのうちに譫語《うわごと》を言い続け、なんのそれほど御《ご》案じになることがございましょう火膨《ひぶく》れの痕《あと》が直りましたらやがて元のお姿に戻《もど》られますと慰《なぐさ》めればこれほどの大火傷《やけど》に面体《めんてい》の変わらぬはずがあろうかそのような気休めは聞きともないそれより顔を見ぬようにしてと意識が回復するにつれていっそう言い募《つの》り、医者の外には佐助にさえも負傷の状態を示すことを嫌《いや》がり膏薬《こうやく》や繃帯《ほうたい》を取り替《か》える時は皆《みな》病室を追い立てられた。されば佐助は当夜枕元《まくらもと》へかけつけた瞬間《しゅんかん》やけ爛《ただ》れた顔を一眼《ひとめ》見たことは見たけれども正視するに堪《た》えずしてとっさに面を背《そむ》けたので灯明の灯《ひ》の揺《ゆ》らめく陰《かげ》に何か人間ばなれのした怪《あや》しい幻影《げんえい》を見たかのような印象が残っているに過ぎず、その後は常に繃帯の中から鼻の孔《あな》と口だけ出しているのを見たばかりであるという思うに春琴が見られることを怖《おそ》れたごとく佐助も見ることを怖れたのであった彼《かれ》は病床《びょうしょう》へ近づくごとに努めて眼を閉じあるいは視線《しせん》をそらすようにしたゆえに春琴の相貌《そうぼう》がいかなる程度に変化しつつあるかを実際に知らなかったしまた知る機会を自ら避《さ》けた。しかるに養生の効あって負傷もおいおい快方におもむいたころ一日病室に佐助がただ一人侍坐《じざ》していると佐助お前はこの顔を見たであろうのと突如《とつじょ》春琴が思い余ったように尋《たず》ねたいえいえ見てはならぬとおっしゃってでござりますものをなんでお言葉に違《たが》いましょうぞと答えるともう近いうちに傷が癒《い》えたら繃帯を除《よ》けねばならぬしお医者様も来ぬようになる、そうしたら余人はともかくお前にだけはこの顔を見られねばならぬと勝気《かちき》な春琴も意地がくじけたかついぞないことに涙《なみだ》を流し繃帯の上からしきりに両眼を押《お》し拭《ぬぐ》えば佐助も諳《あん》然《ぜん》として言うべき言葉なくともに嗚咽《おえつ》するばかりであったがようござります、必ずお顔を見ぬようにいたします御安心なさりませと何事か期するところがあるように言った。それより数日を過ぎすでに春琴も床《とこ》を離《はな》れ起きているようになりいつ繃帯を取りのけても差《さ》し支《つか》えない状態にまで治癒《ちゆ》した時分ある朝早く佐助は女中部屋《べや》から下女の使う鏡台と縫針《ぬいばり》とをひそかに持って来て寝《ね》床《どこ》の上に端座《たんざ》し鏡を見ながら我《わ》が眼《め》の中へ針を突《つ》き刺《さ》した針を刺したら眼が見えぬようになるという知識があった訳ではないなるべく苦痛の少ない手軽な方法で盲目《もうもく》になろうと思い試みに針をもって左の黒眼《くろめ》をついてみた黒眼を

諳然　暗いさま。心がふさぎ、うっとうしいさま。

ねらってつき入れるのはむずかしいようだけれども白眼《しろめ》の所は堅《かた》くて針がはいらないが黒眼《くろめ》は柔《やわら》かい二三度突《つ》くとうまいぐあいにずぶと二分ほどはいったと思ったらたちまち眼球が一面に白濁《はくだく》し視力が失《う》せて行くのがわかった出血も発熱もなかった痛みもほとんど感じなかったこれは水晶体《すいしょうたい》の組織を破ったので外傷性の白内障を起こしたものと察せられる佐助は次に同じ方法を右の眼《め》に施《ほどこ》し瞬時《しゅんじ》にして両眼をつぶしたもっとも直後はまだぼんやりと物の形など見えていたのが十日ほどの間に完全に見えなくなったという。ほど経《へ》て春琴が起き出《い》でたころ手さぐりしながら奥《おく》の間に行きお師匠《ししょう》様私はめしいになりました。もう一生涯《いっしょうがい》お顔を見ることはござりませぬと彼女《かのじょ》の前にぬかずいて言った。佐助、それはほんとうか、と春琴は一語を発し長い間黙然《もくねん》と沈思《ちんし》していた佐助はこの世に生まれてから後にも先にもこの沈黙《ちんもく》の数分間ほど楽しい時を生きたことがなかった昔悪七兵衛景清《あくしちびょうえかげきよ》は頼朝《よりとも》の器量《きりょう》に感じて復讐《ふくしゅう》の念を断じもはや再びこの人の姿を見まいと誓《ちか》い両眼をえぐり取ったというそれと動機は異なるけれどもその志の悲壮《ひそう》なことは同じであるそれにしても春琴が彼《かれ》に求めたものはかくのごときことであったか過日彼女

悪七兵衛景清　平《たいらの》景清。平安《へいあん》時代末期の平家の武将。謡曲《ようきょく》「景清」、浄瑠璃《じょうるり》「出世景清」などに、景清が盲目となる話が描《えが》かれている。

器量　才能と度量。

が涙《なみだ》を流して訴《うった》えたのは、私がこんな災難に遭《あ》った以上お前も盲目《もうもく》になって欲しいという意であったかそこまでは忖度《そんたく》し難《がた》いけれども、佐助それはほんとうかといった短い一語が佐助の耳には喜びに慄《ふる》えているように聞こえた。そして無言で相対しつつある間に盲人《もうじん》のみが持つ第六感の働きが佐助の官能に芽生えて来てただ感謝の一念よりほか何物もない春琴の胸の中を自《おの》ずと会《え》得《とく》することができた今まで肉体の交渉《こうしょう》はありながら師弟の差別に隔《へだ》てられていた心と心とが始めて犇《ひし》と抱《だ》き合い一つに流れて行くのを感じた少年のころ押入《おしい》れの中の暗黒世界で三味線《しゃみせん》の稽古《けいこ》をした時の記憶がよみがえって来たがそれとは全然心持ちが違《ちが》ったおよそたいがいな盲人は光の方向感だけは持っているゆえに盲人の視野はほの明るいもので暗黒世界ではないのである佐助は今こそ外界の眼を失った代わりに内界の眼が開けたのを知りああこれが本当にお師匠様の住んでいらっしゃる世界なのだこれでようようお師匠様と同じ世界に住むことができたと思ったもう衰《おとろ》えた彼の視力では部屋《へや》の様子も春琴の姿もはっきり見分けられなかったが繃帯《ほうたい》で包んだ顔の所在だけが、ぽうっとほの白く網膜《もうまく》に映じた彼にはそれが繃帯とは思えなかったつい二《ふた》月前

忖度　人の気持ちを推《お》し量ること。

までのお師匠《ししょう》様の円満微妙《みみょう》な色白の顔が鈍《にぶ》い明かりの圏《けん》の中に来迎仏《らいごうぶつ》のごとくうかんだ

○

佐助《さすけ》痛くはなかったかと春琴《しゅんきん》が言ったいいえ痛いことはござりませなんだお師匠様の大難に比べましたらこれしきのことがなんでござりましょうあの晩曲者《くせもの》が忍《しの》び入り辛《つら》き目をおさせ申したのを知らずに睡《ねむ》っておりましたのは返す返すも私の不調法《ぶちょうほう》毎夜お次の間に寝《ね》させていただくのはこういう時の用心でござりますのにこのような大事をひき起こしお師匠様を苦しめて自分が無事でおりましてはなんとしても心が済まず罰《ばち》が当たってくれたらよいと存じましてなにとぞわたくしにも災難をお授《さず》けくださりませこうしていては申し訳の道が立ちませぬと御霊《ごりょう》様に祈願《きがん》をかけ朝夕拝んでおりました効があってありがたや望みがかない今朝起きましたらこの通り両眼《りょうめ》がつぶれておりました定めし神様も私の志を憐《あわ》れみ願いを聞き届《とど》けてくだすったのでござりましょうお師匠様お師匠様私にはお師匠様のお変わりなされたお姿は見え

円満微妙
欠けるところがなく、趣《おもむき》深い優《すぐ》れたさま。

来迎仏
念仏行者の臨終にあたり、浄土《じょうど》へ待ち迎《むか》えてくれる阿弥陀仏《あみだぶつ》のこと。

不調法
ゆきとどかないこと。落ち度。

御霊様
御霊神社のこと。大阪《おおさか》市中央区淡路町にあり、昔から船場《せんば》、島之内《しまのうち》あたりの商家を中心に信仰を集めていた。

ませぬ今も見えておりますのは三十年来眼の底に沁《し》みついたあのなつかしいお顔ばかりでござりますなにとぞ今まで通りお心おきのうお側《そば》に使ってくださりませにわか盲目《めくら》の悲しさには立ち居もままならず御用《ごよう》を勤めますのにもたどたどしゅうござりましょうがせめて御身《おんみ》の周りのお世話だけは人手を借りとうござりませぬと、春琴の顔のありかと思われるほの白い円光の射《さ》して来る方へ盲《し》いた眼を向けるとよくも決心してくれました嬉《うれ》しゅう思うぞえ、私は誰《だれ》の恨《うら》みを受けてこのような目に遭《お》うたのか知れぬがほんとうの心を打ち明けるなら今の姿を外《ほか》の人には見られてもお前にだけは見られとうないそれをようこそ察してくれました。あ、ありがとうござりますそのお言葉を伺《うかが》いました嬉しさは両眼を失《うしの》うたぐらいには換《か》えられませぬお師匠様や私を悲《ひ》嘆《たん》に暮れさせ不仕合《ふしあ》わせな目に遭《あ》わせようとしたやつはどこの何者か存じませぬがお師匠様のお顔を変えて私を困らしてやるというなら私はそれを見ないばかりでござります私さえ目しいになりましたらお師匠様の御災難は無かったのも同然、せっかくの悪《わる》だくみも水の泡《あわ》になり定めしそやつは案に相《そう》違《い》していることでござりましょうほんに私は不仕合わせどころかこの上もなく仕合《しあ》わせでござります卑怯《ひきょう》なやつの裏を掻《か》き鼻をあかしてやったかと思えば胸がすくようでござります佐助もう何も言やんなと盲人《もうじん》の師弟相擁《あいよう》して泣いた

○

禍《わざわい》を転じて福と化した二人のその後の生活の模様を最もよく知っている生存者は鴫沢《しぎさわ》てる女《じょ》あるのみである照《てる》女は本年七十一歳春琴《さいしゅんきん》の家に内弟子《うちでし》として住み込んだのは明治七年十二歳の時であった。てる女は佐助《さすけ》に糸竹《しちく》の道を習うかたわら二人の盲人の間を斡旋《あっせん》して手曳《てひ》きともつかぬ一種の連絡《れんらく》係を勤めたけだし一人はにわか盲目《めくら》一人は幼少からの盲目とはいえ箸《はし》の上げ下ろしにも自分の手を使わず贅沢《ぜいたく》に馴《な》れてきた婦人のことゆえぜひともそういう役目を勤める第三者の介在《かいざい》が必要でありなるべく気のおけない少女を雇《やと》うことにしていたがてる女が採用されてからは実体《じってい》なところが気に入られ大いに二人の信任を得てそのまま長く奉公《ほうこう》をし、春琴の死後は佐助に仕えて彼《かれ》が検校《けんぎょう》の位を得た明治二十三年まで側《そば》に置いてもらったという。てる女が明治七年に始めて春琴の家へ来た時春琴はすでに四十六歳遭難《そうなん》の後九年の歳月を経《へ》もう相当の老婦人であった顔は仔細《しさい》があって人には見せないまた見てはならぬと聞かされていたが、紋羽二重《もんはぶたえ》の被布《ひふ》を着て厚い座布団《ざぶとん》の上にすわり浅《あさ》黄鼠《ぎねずみ》の縮緬《ちりめん》の頭巾《ずきん》で鼻の一部が見える程度に首を包み頭巾の端《はし》が眼瞼《まぶた》の上へまで垂れ下がるようにし頬《ほお》や口なども隠《かく》れるようにしてあった。佐助は眼《め》を突《つ》いた時が四十一歳初老に及《およ》んでの失明はどんなにか不自由だったであろうがそれでいながら痒《かゆ》いところへ手が届くように春琴を労《いた》わり少しでも不便な思いをさせまいと努める様《さま》は端《はた》の見る目もいじらしかった春琴もまた余人《よじん》の世話では気に入らず私の身の周りのことは眼明《めあ》きでは勤まらない長年の習慣ゆえ佐助が一番よく知っていると言い衣裳《いしょう》の着付けも入浴も按摩《あんま》も上厠《じょうし》も未《いま》だに彼を煩《わずら》わした。さればてる女の役目というのは春琴よりもむしろ佐助の身辺の用を足すことが主で直接春琴の体に触《ふ》れたことはめったになかった食事の世話だけは彼女《かのじょ》がいないとどうにもならなかったけれどもその外《ほか》はただ入り用な品物を持ち運び間接に佐助の奉公を助けた例えば入浴の時などは湯《ゆ》殿《どの》の戸口までは二人に付いて行きそこで引きさがって手が鳴ってから迎《むか》えに

紋羽二重　うすくなめらかな絹織物に、家紋をつけた着物。

被布　着物の上にはおるもの。

行くともう春琴は湯から上がって浴衣《ゆかた》を着頭巾《ずきん》を被《かぶ》っているその間の用事は佐助が一人で勤めるのであった盲人《もうじん》の体を盲人が洗ってやるのはどんな風にするものかかつて春琴が指頭《ゆびがしら》をもって老梅《ろうばい》の幹をなでたごとくにしたのであろうが手数のかかることは論外であったろう万事がそんな調子だからとてもややこしくて見ていられない、よくまああれでやっていけると思えたが当人たちはそういうめんどうを享楽《きょうらく》しているもののごとく言わず語らず細やかな愛情が交《か》わされていた。按《あん》ずるに視覚を失った相愛の男女が触覚《しょっかく》の世界を楽しむ程度はとうていわれらの想像を許さぬものがあろうさすれば佐助が献身《けんしん》的に春琴に仕え春琴がまた怡々《いい》としてその奉仕《ほうし》を求め互《たが》いに倦《う》むことを知らなかったのも訝《あや》しむに足りない。しかも佐助は春琴の相手をする余暇《よか》を割いて多くの子女を教えていた当時春琴は一室に垂れこめてのみ暮らすようになり佐助に琴台という号を与《あた》えて門弟の稽古《けいこ》を全部引き継《つ》がせ、音曲指南《おんぎょくしなん》の看板《かんばん》にも鵙屋《もずや》春琴の名の傍《かたわ》らへ小さく温井《ぬくい》琴台の名を掲《かか》げていたが佐助の忠義と温順とはつとに近隣《きんりん》の同情を集め春琴時代よりかえって門下が賑《にぎ》わっていた滑稽《こっけい》なことは佐助が弟子《でし》に教えている間春琴は独《ひと》り奥《おく》の間にいて鶯《うぐいす》の啼《な》

怡々　よろこび、楽しむさま。

く音などに聞き惚《ほ》れていたが、時々佐助の手を借りなければ用の足りない場合が起こると稽古の最中でも佐助佐助と呼ぶすると佐助は何をおいてもすぐ奥の間へ立って行ったそんな訳だから常に春琴の座右《ざゆう》を案じて出教授には行かず宅で弟子を取るばかりであった。ここに一言すべきことはそのころ道修町《どしょうまち》の春琴の本家鵙屋の店は次第《しだい》に家運が傾《かたむ》きかけ、月々の仕送りもとだえがちになっていたのであるもしそういう事情がなければ何を好んで佐助は音曲を教えようぞ忙《いそが》しい合い間を見つつ春琴のもとへ飛んで行った片羽鳥は稽古をつけながらも気が気でなかったであろうし春琴もまた同じ思いに悩《なや》んだであろう

座右　身辺。身近なところ。

○

師匠の仕事を譲《ゆず》り受けて瘦腕《やせうで》ながら一家の生計を支えていった佐助《さすけ》はなぜ正式に彼女《かのじょ》と結婚しなかったのか春琴《しゅんきん》の自尊心が今もそれを拒《こば》んだのであろうかてる女が佐助自身の口から聞いた話に春琴の方はだいぶ気が折れてきたのであったが佐助はそういう春琴を見るのが悲しかった、哀《あわ》れな女気の毒な

女としての春琴を考えることができなかったという畢竟《ひっきょう》めしいの佐助は現実に眼《め》を閉じ永劫《えいごう》不変の観念境へ飛躍《ひやく》したのである彼《かれ》の視野には過去の記憶《きおく》の世界だけがあるもし春琴が災禍《さいか》のため性格を変えてしまったとしたらそういう人間はもう春琴ではない彼はどこまでも過去の驕慢《きょうまん》な春琴を考えるそうでなければ今も彼が見ているところの美貌《びぼう》の春琴が破壊《はかい》されるされば結婚を欲《ほっ》しなかった理由は春琴よりも佐助の方にあったと思われる。佐助は現実の春琴をもって観念の春琴を喚《よ》び起こす媒介《ばいかい》としたのであるから対等の関係になることを避《さ》けて主従の礼儀《れいぎ》を守ったのみならず前よりもいっそう己《おのれ》を卑下《ひげ》し奉公《ほうこう》の誠《まこと》をつくして少しでも早く春琴が不幸を忘れ去り昔の自信を取り戻《もど》すように努め、今も昔のごとく薄給《はっきゅう》に甘《あま》んじ下男同様の粗衣粗食《そいそしょく》を受け収入の全額を挙げて春琴の用に供したその他経済を切り詰《つ》めるため奉公人の数を減らしいろいろの点で節約したけれども彼女《かのじょ》の慰安《いあん》には何一つ遺漏《いろう》のないようにしたゆえに盲目《もうもく》になってからの彼の労苦は以前に倍加した。てる女の言によれば当時門弟たちは佐助の身なりがあまりみすぼらしいのを気の毒がり今少し辺幅《へんぷく》を整えるように諷《ふう》する者があったけれども耳にもかけなかったそし

辺幅　外見、うわべ。

て今もなお門弟たちが彼を「お師匠《ししょう》さん」と呼ぶことを禁じ「佐助さん」と呼べと言いこれには皆《みな》が閉口してなるべく呼ばずに済まそうと心がけたがてる女だけは役目の都合上そういう訳にいかず常に春琴を「お師匠様」と呼び佐助を「佐助さん」と呼び習わした。春琴の死後佐助がてる女を唯一《ゆいいつ》の話し相手とし折《おり》にふれては亡《な》き師匠の思い出に耽《ふけ》ったのもそんな関係があるからである後年彼は検校《けんぎょう》となり今は誰《だれ》にもはばからずお師匠様と呼ばれ琴台先生と言われる身になったがてる女からは佐助さんと呼ばれるのを喜び敬称《けいしょう》を用いるのを許さなかったかつててる女に語って言うのに、誰しも眼《め》がつぶれることは不仕合《ふしあ》わせだと思うであろうが自分は盲目になってからそういう感情を味わったことがないむしろ反対にこの世が極楽浄土《ごくらくじょうど》にでもなったように思われお師匠様とただ二人生きながら蓮《はす》の台《うてな》の上に住んでいるような心地《ここち》がした、それというのが眼がつぶれると眼あきの時に見えなかったいろいろのものが見えてくるお師匠様のお顔なぞもその美しさが沁々《しみじみ》と見えてきたのは目《め》しいになってからであるその外《ほか》手足の柔《やわら》かさ肌《はだ》のつやつやしさお声の綺麗《きれい》さもほんとうによくわかるようになり眼あきの時分にこんなにまでと感じな

蓮の台
仏教で極楽《ごくらく》世界をたとえて蓮華世界という。また蓮華の台は仏像を安置するものである。

かったのがどうしてだろうかと不思議に思われたとりわけ自分はお師匠《ししょう》様の三味線《しゃみせん》の妙音《みょうおん》を、失明の後に始めて味到《みとう》したいつもお師匠様は斯道《しどう》の天才であられると口では言っていたもののようやくその真価がわかり自分の技《ぎ》倆《りょう》の未熟さに比べてあまりにも懸隔《けんかく》があり過ぎるのに驚《おどろ》き今までそれを悟《さと》らなかったのはなんという勿体《もったい》ないことかと自分の愚《おろ》かさが省《かえり》みられたされば自分は神様から眼《め》あきにしてやると言われてもお断りしたであろうお師匠様も自分も盲目《もうもく》なればこそ眼あきの知らない幸福を味わえたのだと。佐助の語るところは彼《かれ》の主観の説明を出《い》でずどこまで客観と一致《いっち》するかは疑問だけれども余事はとにかく春琴の技芸は彼女《かのじょ》の遭難《そうなん》を一転機として顕著《けんちょ》な進境を示したのではあるまいか。いかに春琴が音曲《おんぎょく》の才能に恵《めぐ》まれていても人生の苦《く》味酸味《みさんみ》を嘗《な》めてこなければ芸道の真諦《しんたい》に悟入《ごにゅう》することはむずかしい彼女は従来甘《あま》やかされて来た他人に求むるところは酷《こく》で自分は苦労も屈辱《くつじょく》も知らなかった誰《だれ》も彼女の高慢《こうまん》の鼻を折る者がなかったしかるに天は痛烈《つうれつ》な試練を降《くだ》して生死の巌頭《がんとう》に彷徨《ほうこう》せしめ増上慢《ぞうじょうまん》を打ちくだいた。思うに彼女の容貌《ようぼう》を襲《おそ》った災禍《さいか》はいろいろの意味で良薬となり恋愛《れんあい》においても芸術においてもか

斯道
学問、技芸など、その人がたずさわる方面や分野を指す。

懸隔
かけ離れる。

真諦
まことの道。真実でいつわりのない道。

増上慢
自分の力を買いかぶって高慢《こうまん》にふるまうこと。

つて夢想だもしなかった三昧境《さんまいきょう》のあることを教えたであろうてる女はしばしば春琴が無聊《ぶりょう》の時を消すために独《ひと》りで絃《げん》をもてあそんでいるのを聞いたまたその傍《かたわ》らに佐助が恍惚《こうこつ》として項《うなじ》を垂れ一心に耳を傾《かたむ》けている光景を見たそして多くの弟子《でし》どもは奥《おく》の間から洩《も》れる精妙《せいみょう》な撥《ばち》の音を訝《いぶか》しみあの三味線《しゃみせん》には仕掛《か》けがしてあるのではないかなどとつぶやいたという。この時代に春琴は弾絃《だんげん》の技巧《ぎこう》のみならず作曲の方面にも思いを凝《こ》らし夜中密《ひそ》かにあれかこれかと爪弾《つまび》きで音を綴《つづ》っていたてる女が覚えているのに「春鶯囀《しゅんおうてん》」と「六《むつ》の花」の二曲があり先日聞かしてもらったが独創性に富み作曲家としての天分を窺《き》知《ち》するに足りる

三昧境　ひとつの事に集中して得られる至上の境地。
無聊　することがなくて退屈なこと。

○

春琴《しゅんきん》は明治十九年六月上旬より病気になったが病《や》む数日前佐助《さすけ》と二人中《なか》前栽《せんざい》に降り愛玩《あいがん》の雲雀《ひばり》の籠《かご》を開けて空へ放った照女《てるじょ》が見ていると盲人《もうじん》の師弟手を取り合って空を仰《あお》ぎ遥《はる》かに遠く雲雀の声が落ちて来るのを聞いていた雲雀はしきりに啼《な》きながら高く高く雲間へはいりいつまでたっても降りて来な

いあまり長いので二人とも気をもみ一時間以上も待ってみたがついに籠《かご》に戻《もど》らなかった。春琴はこの時から怏々《おうおう》として楽しまず間もなく脚気《かっけ》にかかり秋になってから重態に陥《おちい》り十月十四日心臓麻痺《しんぞうまひ》で長逝《ちょうせい》した。雲雀《ひばり》の外《ほか》に第三世の天鼓《てんこ》を飼っていたのが春琴の死後も生きていたが佐助は長く悲しみを忘れず天鼓の啼《な》く音を聞くごとに泣き暇《ひま》があれば仏前に香《こう》を薫《くん》じてある時は琴《こと》をある時は三絃《さんげん》を取り春鶯囀《しゅんおうてん》を弾《ひ》いた。それ緡蛮《めんばん》たる黄鳥《こうちょう》は丘隅《おかのすみ》に止まるという文句で始まっているこの曲はけだし春琴の代表作で彼女《かのじょ》が心魂《しんこん》を傾《かたむ》けつくしたものであろうことばは短いが非常に複雑な手事《てごと》が付いている春琴は天鼓の啼く音を聞きながらこの曲の構想を得たのである手事の旋律《せんりつ》は鶯《うぐいす》の凍《こお》れる涙《なみだ》今やとくらんという深山の雪のとけそめる春の始めから、水嵩《みずかさ》の増した渓流《けいりゅう》のせせらぎ松籟《しょうらい》の響《ひび》き東風の訪《おとず》れ野山の霞《かすみ》梅の薫《かお》り花の雲さまざまな景色へ人を誘《さそ》い、谷から谷へ枝から枝へ飛び移って啼く鳥の心を隠約《いんやく》のうちに語っている生前彼女がこれを奏《かな》でると天鼓も嬉々《きき》として咽喉《のど》を鳴らし声を絞《しぼ》り絃の音色と技《わざ》を競《きそ》った。天鼓はこの曲を聞いて生まれ故郷の渓谷《けいこく》をおもい広々とした天地の陽光を慕《した》ったのであろうが佐助は春鶯囀を弾きつつ何処《いずこ》へ

緡蛮たる
小鳥がさえずり続ける声のさま。『詩経《しきょう》』の「小雅《しょうが》」中に「緡蛮タル黄鳥、丘隅ニ止ル」とある。

松籟
松のこずえに吹く風の音。

嗣子
家のあとを継《つ》ぐ子ども。あととり。

祥月命日

魂《たましい》を馳《は》せたであろう触覚《しょっかく》の世界を媒介《ばいかい》として観念の春琴をみつめることに慣らされた彼《かれ》は聴覚《ちょうかく》によってその欠陥《けっかん》を充《み》たしたのであろうか。人は記憶《きおく》を失わぬ限り故人を夢に見ることができるが生きている相手を夢でのみ見ていた佐助のような場合にはいつ死に別れたともはっきりした時は指せないかもしれない。ちなみに言う春琴と佐助との間には前記の外に二男一女があり女児は分娩《ぶんべん》後に死し男児は二人とも赤子の時に河内《かわち》の農家へもらわれたが春琴の死後もわすれ形見《がたみ》には未練がないらしく取り戻そうともしなかったし子供も盲人《もうじん》の実父の許《もと》へ帰るのを嫌《きら》った。かくて佐助は晩年に及《およ》び嗣子《しし》も妻妾《さいしょう》もなく門弟たちに看護されつつ明治四十年十月十四日光誉春琴恵照禅定尼の祥《しょう》月《つき》命日に八十三歳《さい》という高齢で死んだ察するところ二十一年も孤独《こどく》で生きていた間に在りし日の春琴とは全く違《ちが》った春琴を作り上げいよいよ鮮《あざ》やかにその姿を見ていたであろう佐助が自ら眼《め》をついた話を天竜寺《てんりゅうじ》の峩山和尚《がざんおしょう》が聞いて、転瞬《てんしゅん》の間に内外《ないげ》を断じ醜《しゅう》を美に回した禅機《ぜんき》を賞し達人の所為《しょい》に庶幾《ちか》しと言ったというが読者諸賢《しょけん》は首肯《しゅこう》せらるるや否《いな》や

その人が死んだ年月日のうち、月日だけ同じ日のこと。

峩山和尚　橋本峩山（一八五三～一九〇〇）。臨済《りんざい》宗の僧侶で、天《てん》龍《りゅう》寺の座主となった高僧。

禅機　禅で、行動、動作によって瞬間《しゅんかん》的に与《あた》えられるはたらきをいう。それが悟《さと》りを得るきっかけとなる。

首肯　うなずく。同意する。

蘆《あし》刈《かり》

君なくてあしかりけりと思ふにも
いとゞ難波《なには》のうらはすみうき

まだおかもとに住んでいたじぶんのあるとしの九月のことであった。あまり天気のいい日だったので、ゆうこく、といっても三時すこし過ぎたころからふとおもいたってそこらを歩いて来たくなった。遠はしりをするには時間がおそいし近いところはたいがい知ってしまったしどこぞ二三時間で行ってこられる恰好《かっこう》な散策《さんさく》地でわれもひともちょっと考えつかないようなわすれられた場所はないものかとしあんしたすえにいつからかいちど水無瀬《みなせ》の宮へ行ってみようと思いながらついおりがなくてすごしていたことにこころづいた。その水無瀬の宮というのは増《ます》かがみの「おどろのした」に、「鳥羽殿《とばどの》白河《しらかは》殿《どの》なども修理《すり》せさせ給《たま》ひて常にわたりすませ給へどなほまた水無瀬といふ所にえもいはずおもしろき院づくりしてしばしば通ひおはしましつつ春秋の花もみぢにつけても御心ゆくかぎり世をひびかしてあそびをのみぞしたまふ。

君なくて……　本書「解説」191ページ参照。

おかもと　現、兵庫《ひょうご》県神《こう》戸《べ》市東灘《ひがしなだ》区岡本。

水無瀬の宮　大阪《おおさか》府三島《みしま》郡島《しま》本町《もとちょう》広瀬《ひろせ》にある神社。

増かがみ　『増鏡』。南北《なんぼく》朝《ちょう》時代に書かれた歴史物語。

所がらもはるばると川にのぞめる眺望《てうばう》いとおもしろくなむ。元久《げんきう》の頃《ころ》詩に歌をあはせられしにもとりわきてこそは

　見わたせば山もとかすむみなせ川
　　ゆふべは秋となにおもひけむ

かやぶきの廊渡殿《らうわたどの》などはるばると艶《えん》にをかしうせさせ給《たま》へり。御前《ごぜん》の山より滝《たき》おとされたる石のただずまひ苔《こけ》ふかきみ山木に枝さしかはしたる庭の小松もげにげに千世《ちよ》をこめたるかすみのほらなり。前栽《せんざい》つくろはせ給へる頃《ころ》人々あまた召《め》して御遊などありける後定家《ていか》の中納言《ちゆうなごん》いまだ下臈《げらふ》なりける時に奉《たてまつ》られける

　ありへけむもとの千年にふりもせで
　　わがきみちぎるみねのわかまつ

　君が代にせきいる、庭をゆく水の
　　いはこすかずは千世も見えけり

かくて院のうへはともすれば水無瀬殿《みなせどの》にのみ渡《わた》らせ給ひて琴笛《ことふえ》の音《ね》につけ花もみぢのをりをりにふれてよろづの遊びわざをのみ尽《つく》しつつ御心《みこころ》ゆくさまに

元久の頃　鎌倉《かまくら》時代、土御《つちみ》門《かど》天皇の代の年号。一二〇四〜一二〇六年。

下臈　官位の低い者。

て過《すご》させ給ふ」という記事の出ている後鳥羽院《ごとばいん》の離宮《りきゅう》があった旧蹟《きゅうせき》のことなのである。むかしわたしは始《はじ》めて増鏡《ますかがみ》を読んだときからこの水無瀬のみやのことがいつもあたまの中にあった。見わたせばやまもとかすむ水無瀬川ゆふべは秋となにおもひけむ、わたしは院のこの御歌がすきであった。あの「霧《きり》に漕《こ》ぎ入るあまのつり舟《ぶね》」という明石《あかし》の浦《うら》の御歌や「われこそは新島守《にいじまもり》よ」という隠岐《おき》のしまの御歌などいんのおよみになったものにはどれもこれもこころをひかれて記憶《きおく》にとどまっているのが多いがわけてこの御《おん》うたを読むと、みなせがわの川上をみわたしたけしきのさまがあわれにもまたあたたかみのあるなつかしいもののようにうかんでくる。それでいて関西の地理に通じないこころはどこか京都の郊外《こうがい》であるらしくかんがえながらはっきりところをつきとめようという気もなかったのであるがその御殿《ごてん》の遺跡《いせき》は山城《やましろ》と摂津《せっつ》のくにざかいにちかい山崎《やまざき》の駅から十何丁かの淀川《よどがわ》のへりにあって今もそのあとに後鳥羽院を祭った神社が建っていることを知ったのはごく最近なのである。で、そのみなせのみやをとぶらうのがこの時刻から出かけるのにはいちばん手ごろであった。やまざきまでなら汽車で行ってもすぐだけれども阪急《はんきゅう》で

後鳥羽院
（一一八〇〜一二三九）第八十二代天皇で、譲位《じょうい》後院政を行う。承久《じょうきゅう》三（一二二一）年、北条義時追討の院宣を下したが失敗し、隠岐に流され、その地で没した。和歌にすぐれ、藤原定家らに『新古今和歌集』を撰集させた。

十何丁
丁は距離の単位で、約一〇九メートル。

行って新京阪《しんけいはん》にのりかえればなお訳はない。それにちょうどその日は十五夜にあたっていたのでかえりに淀川《よどがわ》べりの月を見るのも一興《いっきょう》である。そうおもいつくとおんなこどもをさそうような場所がらでもないからひとりでゆくさきも告げずに出かけた。

山崎《やまざき》は山城《やましろ》の国乙訓《おとくに》郡にあって水無瀬《みなせ》の宮趾《みやあと》は摂津《せっつ》の国三島《みしま》郡にある。されば大阪《おおさか》の方からゆくと新京阪《しんけいはん》の大山崎《おおやまざき》でおりて逆に引きかえしてそのおみやのあとへつくまでのあいだにくにざかいをこすことになる。わたしはやまざきというところは省線《しょうせん》の駅の付近をなにかのおりにぶらついたことがあるだけでこのさいごくかいどうを西へあるいてみるのは始めてなのである。すこしゆくとみちがふたつにわかれて右手へ曲がってゆく方のかどに古ぼけた石の道標が立っている。それは芥川《あくたがわ》から池田《いけだ》を経《へ》て伊丹《いたみ》の方へ出るみちであった。荒木村重《あらきむらしげ》や池田勝入斎《いけだしょうにゅうさい》や、あの信長記《しんちょうき》にある戦争の記事をおもえばそういうせんごくの武将どもが活躍《かつやく》したのは、その、いたみ、あくたがわ、やまざきをつなぐ線に沿うた地方であっていにしえはおそらくそちらの方が本道であり、この淀川《よどがわ》のきしをぬってすすむかいどうは舟行《しゅうこう》には便利

山城の国　旧国名。今の京都府南部。

摂津の国　旧国名。今の大阪府西部と兵庫県南東部。

省線　もと鉄道省・運輸省の管理に属した鉄道。後の国電。現在のJR。

信長記　（一六二二）小瀬《おせ》甫庵《ほあん》著。織田信長《おだのぶなが》の伝記。

くがじ　陸路。

江口　大阪市東淀川区

だったであろうが蘆荻《ろてき》のおいしげる入《い》り江《え》や沼地《ぬまち》が多くってくがじの旅にはふむきであったかもしれない。そういえば江口《えぐち》の渡《わた》しのあとなどもいま来るときに乗ってきた電車の沿線にあるのだときいている。げんざいではその江口も大大阪《だいおおさか》の市内にはいり山崎も去年の京都《きょうと》市の拡張以来大都会の一部にへんにゅうされたけれども、しかし京と大阪の間は気候風土の関係が阪神間のようなわけには行かないらしく田園都市や文化住宅地がそうにわかにはひらけそうにもおもえないからまだしばらくは草ぶかい在所のおもむきをうしなうことがないであろう。忠臣蔵《ちゅうしんぐら》にはこの近くのかいどうに猪《しし》や追い剝《は》ぎが出たりするように書いてあるからむかしはもっとすさまじい所だったのであろうがいまでもみちの両側にならんでいる茅《かや》ぶき屋根の家居《いえい》のありさまは阪《はん》急《きゅう》沿線の西洋化した町や村を見馴《な》れた眼《め》にはひどく時代がかっているようにみえる。「なきことによりてかく罪せられたまふをからくおぼしなげきて、やがて山崎にて出家せしめ給《たま》ひて」と、大鏡《おおかがみ》では北野の天神が配流《はいる》のみちすがらここで仏門に帰依《きえ》せられて「きみがすむやどの梢《こずゑ》をゆく〳〵と」というあの歌をよまれたことになっている。さようにこの土地はずいぶん古い駅路《えきろ》

の地名。平安時代から河港として栄え、遊女の多いことで知られた。

忠臣蔵　一七四八年初演の『仮名手本忠臣蔵』五段目に山崎《やまざき》街道の場がある。

大鏡　平安《へいあん》時代に書かれた歴史物語。藤原道長《ふじわらのみちなが》の栄華《えいが》を中心に紀伝体で描く。

北野の天神　菅原道真《すがわらのみちざね》（八四五～九〇三）のこと。死後、京都《きょうと》北野

なのである。たぶん平安《へいあん》のみやこができたのとおなじころに設けられた宿場かもしれない。わたしはそんなことをかんがえながら旧幕の世の空気がくらい庇《ひさし》のかげにただよっているような家作《やづく》りを一軒《けん》一軒のぞいてあるいた。

宮居《みやい》のあとはみなせ川であろうとおもわれる川にかかっている橋をこえてそれからまたすこし行ったあたりの街道《かいどう》からひだりへ折れたところにあった。承久《じょうきゅう》の乱にひとしくふしあわせな運命におあいなされた後鳥羽《ごとば》、土御門《つちみかど》、順徳《じゅんとく》の三帝《さんてい》を祭神として、いまはそこに官幣《かんぺい》中社が建っているのだが、やしろのたてものや境内《けいだい》の風致《ふうち》などはりっぱな神社仏閣《ぶっかく》に富むこの地方としてはべつにとりたててしるすほどでもない。ただまえに挙げた増《ます》かがみのものがたりをあたまにおいてかまくらの初期ごろにここで当年の大宮人たちが四季おりおりの遊宴《ゆうえん》をもよおしたあとかとおもうと一木一石にもそぞろにこころがうごかされる。わたしは路傍《ろぼう》にこしかけて一ぷくすってからひろくもあらぬ境内をなんということもなく行ったり来たりした。そこはかいどうからほんのわずか引っこんでいるだけだけれども籬《まがき》にとりどりの秋草を咲《さ》かせた百《ひゃく》姓家《しょうや》が点々と散らばっている奥《おく》の、閑静《かんせい》な、人の眼《め》につかない、こぢんまり

に祭られ天満天神と呼ばれた。

きみがすむ……「きみがすむやどの梢をゆく〱とかくるるまでもかへり見しはや」菅原道真。

112・113

旧幕　徳川《とくがわ》幕府の時代。

承久の乱　承久三年（一二二一）、後鳥羽上皇が鎌倉《かまくら》幕府の執権、北条《ほうじょう》義時《よしとき》を討とうとして敗北した事件。

◇釣殿

した袋《ふくろ》のような地面なのである。でも後鳥羽院の御殿《ごてん》というのはこれだけの狭《せま》い面積のなかにあったのではなく、ここからずっとさっき通って来た水無《みな》瀬《せ》川のきしまでつづいていたのであろう。そして水のほとりの楼《ろう》のうえからかまたはお庭をそぞろあるきなさりながらか川上の方をご覧《らん》になって「やまもとかすむみなせ川」の感興《かんきょう》をおもらしになったのであろう。「夏のころ水《み》無瀬殿《なせどの》の釣殿《つりどの》にいでさせ給《たま》ひて、ひ水めして水飯《すいはん》やうのものなど若き上達部《かんだちめ》殿上人《てんじやうびと》どもにたまはさせておほみきまゐるついでにもあはれいにしへの紫《むらさき》式部《しきぶ》こそはいみじくありけれ、かの源氏物語《げんじものがたり》にも近き川のあゆ西山より奉《たてまつ》れるいしぶしやうのもの御前《ごぜん》に調じてとかけるなむすぐれてめでたきぞとよ、ただ今さやうの料理つかまつりてむやなどのたまふを秦《はた》のなにがしとかいふ御随身高欄《みずいじんかうらん》のもとちかく候《さうら》ひけるがうけたまはりて池の汀《みぎは》なるささを少ししきて白きよねを水に洗ひて奉れり。ひろはば消えなむとにや、これもけしかるわざかなとて御衣《おんぞ》ぬぎてかづけさせたまふ。御《おん》かはらけたびたびきこしめす」とあるのを思いあわせれば、その釣殿の池の水がやがて川の方に連絡していたのではないかと想像される。それに、ここから南の方にあたって恐《おそ》ら

寝殿造《しんでんづくり》の東西の対から出た廊の南端にあって、池に臨んだ建物。

水飯
乾飯《ほしいい》を冷水や氷水に漬《つ》けて食用にするもの。

上達部殿上人
大臣、大中納言《だいちゅうなごん》、参議及び三位以上が上達部で、四位、五位及び六位の蔵人《くろうど》が殿上人。

いしぶし
ハゼ科の淡水魚。小魚で、常に小石の多い水底にいることからこの名がある。

くこの神社のうしろ数丁ぐらいのところには淀川《よどがわ》がながれているはずではないか。そのながれはいま見えないけれどもむこうぎしの男山八幡《おとこやまはちまん》のこんもりした峰《みね》があいだに大河《たいが》をさしはさんでいるようでもなくつい眉《まゆ》の上へ落ちかかるように迫《せま》っている。わたしは眼《め》をあげてその石清水《いわしみず》の山かげを仰《あお》ぎ、それとさしむかいに神社の北の方にそびえている天王山《てんのうざん》のいただきをのぞんだ。かいどうを歩いているときは気がつかなかったがここへ来てから四方をながめると、わたしは今南北の山が屛風《びょうぶ》のように空をかぎっている谷あいの鍋《なべ》の底のような地点に立っている。なるほど、王朝のある時代に山崎《やまざき》に関所が設けられていたことも西から京へ攻《せ》め入るのにこのあたりが要害の地であったこともこういう山河《さんが》の形勢を見るとおのずから合点《がてん》されるのである。ひがしの方の京都を中心とする山城《やましろ》の平野と西の方の大阪《おおさか》を中心とする摂河泉《せっかせん》の平野とがここで狭《せま》苦しくちぢめられていてそのあいだをひとすじの大河がながれてゆく。されば京と大阪とは淀川《よどがわ》でつながっているけれども気候風土はここを境界にしてはっきりと変わる。大阪の人の話をきくと京都に雨が降っていても山崎から西は晴れていることがあり冬など汽車が山崎を過ぎると急に

男山八幡　京都の石清水《いわしみず》八幡宮の異称。男山は淀《よど》川を隔《へだ》て天王山と対する。

要害　地形が険しく敵をふせぐのによい地。

摂河泉　摂津《せっつ》、河内《かわち》、泉《せん》州《しゅう》のことで、ほぼ現在の大阪府を指す。

温度の下がることがわかるという。そういえばところどころに竹藪《やぶ》の多い村落のけしき、農家の家のたてかた、樹木の風情《ふぜい》、土の色など、嵯峨《さが》あたりの郊外《こうがい》と似通っていてまだここまでは京都の田舎《いなか》が延《の》びて来ているという感じがする。

わたしはやしろの境内《けいだい》を出るとかいどうの裏側を小径《こみち》づたいにふたたびなせ川のほとりへ引き返して堤《つつみ》の上にあがってみた。川上の方の山のすがた、水のながめは、七百年の月日のあいだに幾分《いくぶん》かちがってきたであろうがそれでも院の御うたを拝してひそかに胸にえがいていたものといま眼前にみる風光とはおおよそ似たりよったりであった。わたしはだいたいこういう景のところであろうとつねから考えていたのである。それは峨々《がが》たる峭壁《しょうへき》があったり岩をかむ奔湍《ほんたん》があったりするいわゆる奇勝《きしょう》とか絶景とかの称《しょう》にあたいする山水ではない。なだらかな丘《おか》と、おだやかな流れと、それらのものをいっそうやんわりぼやけさせている夕もやと、つまり、いかにも大和絵《やまとえ》にありそうな温雅《おんが》で平和な眺望《ちょうぼう》なのである。なべて自然の風物というものは見る人のこころごころであるからこんな所は一顧《いっこ》のねうちもないように感ずる者もある

峨々たる　高く、けわしいさま。
峭壁　壁《かべ》のようにけわしい崖《がけ》。
奔湍　水が速く流れるところ。
奇勝　めずらしく優《すぐ》れた景色。

であろう。けれどもわたしは雄大でも奇抜《きばつ》でもないこういう凡山凡水《ぼんさんぼんすい》に対する方がかえって甘《あま》い空想に誘《さそ》われていつまでもそこに立ちつくしていたいような気持ちにさせられる。こういうけしきは眼《め》をおどろかしたり魂《たましい》を奪《うば》ったりしない代わりに人なつッこいほほえみをうかべて旅人を迎《むか》え入れようとする。ちょっと見ただけではなんでもないが長く立ち止まっているとあたたかい慈母《じぼ》のふところに抱《だ》かれたようなやさしい情愛にほだされる。ことにうらさびしいゆうぐれは遠くから手まねきしているようなあの川上の薄靄《うすもや》の中へ吸い込《こ》まれてゆきたくなる。それにつけてもゆふべは秋と何思ひけむと後鳥《ごと》羽院《ばいん》がおっしゃったようにもしこのゆうぐれが春であってあのおっとりとした山の麓《ふもと》にくれないの霞《かすみ》がたなびき、川の両岸、峰《みね》や谷のところどころに桜の花が咲《さ》いていたらどんなにかまたあたたかみが加わるであろう。思うに院のおながめになったのはそういうけしきであったにちがいない。だがほんとうの優美というものはたしなみの深い都会人でなければ理解できないものであるから平凡《へいぼん》のうちにおもむきのあるここの風致《ふうち》もむかしの大宮人の雅懐《がかい》がなければつまらないというのが当然であるかもしれない。わたしはおいおい

風致　美しい自然の景色。

雅懐　風雅な心情。風流な心。

夕闇《ゆうやみ》の濃《こ》くなりつつある堤《つつみ》のうえにたたずんだままやがて川下の方へ眼を移した。そして院が上達部《かんだちめ》や殿上人《てんじょうびと》とご一緒《いっしょ》に水飯《すいはん》を召《め》しあがったという釣《つり》殿《どの》はどのへんにあったのだろうと右の方の岸を見わたすとそのあたりはいちめんに鬱蒼《うっそう》とした森が生いしげりそれがずうっと神社のうしろの方までつづいているのでその森のある広い面積のぜんたいが離宮《りきゅう》の遺趾《いし》であることが明らかに指摘《してき》できるのであった。のみならずここからは淀《よど》の大川も見えていて水無瀬《みなせ》川の末がそれに合流しているのがわかる。たちまちわたしには離宮の占《し》めていた形勝の地位がはっきりしてきた。院の御殿《ごてん》は南に淀川《よどがわ》、東に水無瀬川の水をひかえ、この二つの川の交わる一角によって何万坪《つぼ》という宏荘《こうそう》な庭園を擁《よう》していたにちがいない。いかさまこれならば伏見《ふしみ》から船でお下りになってそのまま釣殿の勾欄《こうらん》の下へ纜《ともづな》をおつなぎになることもでき、都との往復も自由であるから、ともすれば水無瀬殿《みなせどの》にのみ渡らせ給《たま》ひてという増鏡《ますかがみ》の本文と符合《ふごう》している。わたしは幼年のころ、橋場《はしば》、今戸《いまど》、小松島《こまつじま》、言問《こととい》など、隅田《すみだ》川の両岸に数寄《すき》をこらした富豪《ふごう》の別荘《べっそう》が水にのぞんで建っていたことをはからずもおもいうかべた。おそれ多いたとえのようではあるがここの御殿

いかさま
なるほど。いかにも。

にいらしってときどき風流なうたげを催《もよお》され、「あはれいにしへの紫式部《むらさきしきぶ》こそはいみじくありけれ、ただ今さやうの料理つかまつりてむや」と仰《おお》せられたり、「ひろはば消えなむとにや、これもけしかるわざかな」と随身《ずいじん》の男に祝《しゅう》儀《ぎ》をおつかわしになったりした院のご様子はどこか江戸《えど》の通人に似たようなふしもあるではないか。それにまた情趣《じょうしゅ》に乏《とぼ》しい隅田《すみだ》川などとはちがってあしたにゆうべに男山《おとこやま》の翠巒《すいらん》が影《かげ》をひたしそのあいだを上り下りの船がゆきかう大淀《おおよど》の風物はどんなにか院のみごころをなぐさめ御《お》ざしきの興を添《そ》えたであろう。後年幕府追討《ばくふついとう》のはかりごとにやぶれさせ給《たま》い隠岐《おき》のしまに十九年のうきとしつきをお送りなされて波のおと風のひびきにありし日のえいがをしのんでいらしった時代にももっともしげく御胸《おんむね》の中を往来したものはこの付近の山容水色とここの御殿《ごてん》でおすごしになった花やかな御遊《ぎょゆう》のかずかずではなかったであろうか。などと追懐《ついかい》にふけっているとわたしの空想はそれからそれへと当時のありさまを幻《まぼろし》にえがいて、管絃《かんげん》の余韻《よいん》、泉水《せんずい》のせせらぎ、果ては月卿雲客《げっけいうんかく》のほがらかな歓語《かんご》のこえまでが耳の底にきこえてくるのであった。そしていつのまにかあたりに黄昏《たそがれ》が迫《せま》っているのにこころづいて時計を

通人
世情に通じた人。特に花柳界《かりゅうかい》の事情をよく知った遊び上手な人。

翠巒
みどりの山の峰《みね》。

月卿雲客
高位高官の人たち。卿《けい》は三位以上の公卿《くぎょう》。雲客は殿上人《てんじょうびと》。

取り出してみたときはもう六時になっていた。ひるまのうちは歩くとじっとり汗《あせ》ばむほどの暖かさであったが日が落ちるとさすがに秋のゆうぐれらしい肌《はだ》寒い風が身にしみる。わたしはにわかに空腹をおぼえ、月の出を待つあいだにどこかで夕餉《ゆうげ》をしたためておく必要があることを思ってほどなく堤《つつみ》の上を街道《かいどう》の方へ引き返した。

もとより気のきいた料理屋などのある町でないのはわかっていたから一時のしのぎに体をぬくめさえすればいいのでとあるうどん屋の灯《ひ》を見つけて酒を二合ばかり飲み狐《きつね》うどんを二杯《はい》たべて出がけにもう一本正宗《まさむね》の罎《びん》を熱燗《あつかん》につけさせたのを手に提《さ》げながらうどん屋の亭主《ていしゅ》がおしえてくれた渡《わた》し場へ出る道というのを川原の方へ下って行った。亭主はわたしが月を見るために淀《よど》川《がわ》へ舟を出したいものだがと言うと、いやそれならばじきこの町のはずれから向こう岸の橋本《はしもと》へわたす渡船《とせん》がございます、渡船とは申しましても川幅《かわはば》が広うございましてまん中に大きな洲《す》がございますので、こちらの岸からまずその洲へわたし、そこからまた別の船に乗り移って向こう岸へおわたりになるのですからそのあいだに川のけしきをご覧《らん》になってはとそうおしえてくれ

洲
川底の土砂《どしゃ》がたまって島のように水面にあらわれたところ。

たのである。橋本には遊廓《ゆうかく》がござりまして渡《わた》し船はちょうどその遊廓のある岸辺に着きますので、夜おそく十時十一時ごろまでも往来しておりますからお気に召《め》したらいくたびでも行きかよいなされてゆっくりお眺《なが》めになることもできますとなおもいいそえてくれた親切を時にとってうれしくおもいながらわたしはみちみちひいやりした夜風にほろよいの頰《ほお》を吹《ふ》かせつつあるいた。渡船場《とせんば》までの路《みち》は聞いたよりは遠い感じがしたけれども、たどりついてみると、なるほど川のむこうに洲《す》がある。その洲の川下の方の端《はし》はつい眼《め》の前で終わっているのがわかるのであるが、川上の方は渺茫《びょうぼう》としたうすあかりの果てに没《ぼっ》してどこまでもつづいているように見える。ひょっとするとこの洲は大江《たいこう》の中に孤立《こりつ》している島ではなくてここで桂川《かつらがわ》が淀《よど》の本流に合している剣《けん》先《さき》なのではないか。なんにしても木津《きづ》、宇治《うじ》、加茂《かも》、桂《かつら》の諸川がこのあたりで一つになり、山城《やましろ》、近江《おうみ》、河内《かわち》、伊賀《いが》、丹波《たんば》等、五箇《か》国の水がここに集まっているのである。むかしの澱川《よどがわ》両岸一覧という絵本に、これより少し上流に狐《きつね》の渡しという渡船場があったことを記して渡《わたり》の長サ百十間と書いているからここはそれよりもっと川幅《かわはば》がひろいかもしれない。そして今いう洲は川の

渺茫
広くて果てしないさま。

澱川両岸一覧
地誌。暁晴翁（木村明啓）著、松川半山画。一八六一年刊。

まん中にあるのではなくずっとこちら岸に近いところにある。河原の砂利《じゃり》に腰《こし》をおろして待っているとはるかな向こうぎしに灯《ひ》のちらちらしている橋本《はしもと》の町から船がその洲へ漕《こ》ぎ寄せる、と、客は船を乗り捨てて、洲を横ぎって、こちら側の船の着いている汀《みぎわ》まで歩いて来る。思えば久しく渡《わた》しぶねというものに乗ったことはなかったが子供の時分におぼえのある山谷《さんや》、竹屋《たけや》、二子《ふたこ》、矢口《やぐち》などの渡しにくらべてもここのは洲をはさんでいるだけにいっそう優長なおもむきがあっていまどき京と大阪《おおさか》のあいだにこんな古風な交通機関の残っていたことが意外でもあり、とんだ拾いものをしたような気がするのであった。

前に挙げた淀川《よどがわ》両岸の絵本に出ている橋本の図を見ると月が男山《おとこやま》のうしろの空にかかっていてをとこやま峰《みね》さしのぼる月かげにあらはれわたるよどの川舟《かはふね》という景樹《かげき》の歌と、新月やいつをむかしの男山という其角《きかく》の句とが添《そ》えてある。わたしの乗った船が洲に漕ぎ寄せたとき男山はあだかもその絵にあるようにまんまるな月を背中にして鬱蒼《うっそう》とした木々の繁《しげ》みがびろうどのようなつやを含《ふく》み、まだどこやらに夕ばえの色が残っている中空に暗く濃《こ》く黒ず

景樹　(一七六八〜一八四三)香《か》川《がわ》景樹。江戸《えど》後期の歌人。桂園《けいえん》派を確立した。

其角　(一六六一〜一七〇七)宝《たから》井《い》其角。江戸前期の俳人。芭蕉《ばしょう》の弟子《でし》。

みわたっていた。わたしは、さあこちらの船へ乗ってくださいと洲《す》のもう一方の岸で船頭が招いているのを、いや、いずれあとで乗せてもらうがしばらくここで川風に吹《ふ》かれて行きたいからとそういい捨てると露《つゆ》にしめった雑草の中を踏《ふ》みしだきながらひとりでその洲の剣先《けんさき》の方へ歩いて行って蘆《あし》の生えている汀《みぎわ》のあたりにうずくまった。まことにここは中流に船を浮《う》かべたのも同じで月下によこたわる両岸のながめをほしいままにすることができるのである。わたしは月を左にし川下の方を向いているのであったが川はいつのまにか潤《うるお》いのあるあおい光に包まれて、さっき、ゆうがたのあかりの下で見たよりもひろびろとしている。洞庭湖《どうていこ》の杜詩《とし》や琵琶行《びわこう》の文句や赤壁《せきへき》の賦《ふ》の一節など、長いことと想い出すおりもなかった耳ざわりのいい漢文のことばがおのずから朗々《ろうろう》たるひびきをもって唇《くちびる》にのぼってくる。そういえば「あらはれわたるよどの川舟」と景樹《かげき》が詠《よ》んでいるようにむかしはこういう晩にも三十石《こく》船《ぶね》をはじめとしてたくさんの船がここを上下していたのであろうが今はあの渡船《とせん》がたまに五六人の客を運んでいるほかにはまったく船らしいものの影《かげ》もみえない。わたしは提《さ》げてきた正宗《まさむね》の罎《びん》を口につけて喇叭《らっぱ》飲みしながら潯陽《じんやう》

杜詩
中国唐《とう》代の詩人、杜甫《とほ》（七一二～七七〇）の作った詩一般を指す。

琵琶行
中国唐代の詩人、白居易《はくきょい》（七七二～八四六）の詩の題。

赤壁の賦
中国宋《そう》代の詩人、蘇軾《そしょく》（一〇三六～一一〇一）の作。『三《さん》国志《ごくし》』に名高い赤壁の戦いを思って書いた文。「前赤壁の賦」と「後赤壁の賦」がある。

潯陽江頭夜送客、楓葉荻花秋瑟々

江頭夜送レ客《かうとうよるきやくをおくる》、楓葉荻花秋瑟々《ふうゑふてきくわあきしつしつ》と酔《よ》いの発するままにこえを挙《あ》げて吟《ぎん》じた。そして吟じながらふとかんがえたことというのはこの蘆荻《ろてき》の生いしげるあたりにもかつては白楽天《はくらくてん》の琵琶行に似たような情景がいくたびか演ぜられたであろうという一事であった。江口《えぐち》や神崎《かんざき》がこの川下のちかいところにあったとすればさだめしちいさな葦分《あしわ》け舟をあやつりながらここらあたりを徘徊《はいかい》した遊女も少なくなかったであろう。王朝のころ大江匡衡《おおえのまさひら》は＊見遊女序《ゆうじょをみるのじょ》を書いてこの川筋の繁昌《はんじょう》をしるし婬風《いんぷう》をなげいているなかに、河陽《かやう》ハ則《すなは》チ山《さん》、河《か》、摂《せつ》、三州ノ間ニ介《かい》シ、天下ノ要津《えうしん》ナリ、西ヨリ、東ヨリ、南ヨリ、北ヨリ、往反《わうはん》ノ者此《こ》ノ路《みち》ニ率《したが》ヒ由《よ》ラザルハナシ矣、其《そ》ノ俗《ぞく》天下ニ女色《によしよく》ヲ衒《てら》ヒ売ル者、老少提結《ていけつ》シ、邑里相望《いうりあいのぞ》ミ、舟ヲ門前ニ維《つな》ギ、客ヲ河中ニ遅《ま》チ、少《わか》キ者ハ脂粉《しふん》謌咲《かせう》シテ以《もつ》テ人心ヲ蕩《まど》ハシ、老イタル者ハ簦《からかさ》ヲ担《にな》ヒ竿《さを》ヲ擁《よう》シテ以テ己《おの》レガ任トナスといい、於戯《ああ》、翠帳紅閨《すいちやうこうけい》、万事ノ礼法異ナリトイヘドモ、舟《しう》中浪《らう》上、一生ノ観会《くわんくわい》ハ是《こ》レ同ジ、余此《よこ》ノ路《みち》ヲ歴《へ》テ此ノ事ヲ見ル毎《ごと》ニ未《いま》ダ嘗《かつ》テ之《これ》ガタメニ長大息《ちやうたいそく》セザルナシ矣といっている。また匡衡から数世の孫にあたる大江匡房《おおえのまさふさ》も遊女記というものを書いてこの沿岸のなまめかしくもにぎやかな風俗《ふうぞく》を

「琵琶行」の冒頭。

白楽天
白居易の字《あざな》。

神崎
兵庫県尼崎市の神崎川の河口の地名。古くから港として栄え、遊女が多かった。

大江匡衡
(九五二～一〇一二) 平《へい》安《あん》中期の漢学者。歌人。文章博士。

見遊女序
本書「解説」191ページ参照。

脂粉謌咲
紅とおしろいで化粧し、歌い笑って騒《さわ》ぐ。

大江匡房

述べ、江河《かうか》南北、邑々処々《いういうしよしよ》、分流シテ河内《かはち》ノ国ニ向《むか》フ、之《これ》ヲ江口ト謂《い》フ、蓋《けだ》シ典薬寮《てんやくれう》味原樹、掃部寮大庭《かもんれうおほば》ガ庄《しやう》ナリ、摂津《せつつ》ノ国ニ到《いた》レバ神崎蟹島《かんざきかにしま》等ノ地アリ、比門連戸《ひもんれんこ》、人家絶ユルコトナク、倡女群《しやうぢよぐん》ヲ成シテ扁舟《へんしう》ニ棹《さを》サシ、舶《はく》ヲ看《かん》撿《けん》シテ以《もつ》テ枕席《ちんせき》ヲ薦《すす》ム、声ハ渓雲《けいうん》ヲ過ギ、韻《ゐん》ハ水風ニ飄《ただよ》ヒ、経廻《けいくわい》ノ人、家ヲ忘レザルハナシといい、釣翁《てうをう》商客、舳艫《じくろ》相連ナリテ殆《ほと》ンド水ナキガ如《ごと》シ、蓋《けだ》シ天下第一ノ楽地ナリともいっている。わたしはいまおぼろげな記憶の底をさぐってそれらの文章のところどころをきれぎれにおもいうかべながら冴《さ》えわたる月のひかりの下を音もなくながれてゆく淋《さび》しい水の面をみつめた。人には誰《たれ》にでも懐古《かいこ》の情があるであろう。が、よわい五十に近くなるとただでも秋のうらがなしさが若いころには想像もしなかった不思議な力で迫《せま》ってきて葛《くず》の葉の風にそよぐのを見てさえ身にしみじみとこたえるものがあるのをどうにも振《ふ》りおとしきれないのに、ましてこういう晩にこういう場所にうずくまっていると人間のいとなみのあとかたもなく消えてしまうはかなさをあわれみ過ぎ去った花やかな世をあこがれる心地《ここち》がつのるのである。遊女記の中には、観音《かんのん》、如意《によい》、香炉《かうろ》、孔雀《くじやく》などという名高い遊女のいたことが記して

(一〇四一～一一一一)平安後期の学者。歌人。政治家。

124・125

比門連戸　門をならべ戸を連ねる。家が建てこんでいるさま。

倡女　歌や舞で酒宴の興をそえる女性。

看撿　よく見て調べること。

経廻　あちこちをめぐりあるく。

あり、そのほかにも小観音、薬師《やくし》、熊野《ゆや》、鳴渡《なると》などという名が伝わっているがそれらの水の上の女どもの多くはどこへ行ってしまったのであろうか。かのおんなどもがその芸名に仏くさい名前をつけていたのは婬《いん》をひさぐことを一種の菩薩行《ぼさつぎょう》のように信じたからであるというが、おのれを生身《しょうじん》の普賢《ふげん》になぞらえまたあるときは貴《とうと》い上人《しょうにん》にさえ礼拝《らいはい》されたという女どものすがたをふたたびこの流れのうえにしばしうたかたの結ぼれるがごとく浮《う》かべることはできないであろうか。「江《え》口《ぐち》桂《かつら》本《もと》などいふ遊女がすみか見めぐれば家の南北の岸にさしはさみて心は旅人の思ふさまにさもはかなきわざにてさてもむなしくこの世をさりて来世《らいせ》はいかならん、これも前世の遊女にてあるべき宿業《しゆくごふ》の侍《はべ》りけるやらん、露《つゆ》の身のしばしのほどをわたらんとて仏の大いにいましめ給《たま》へるわざをするかな、わが身一つの罪はせめていかがせん、多くの人をさへ引き損ぜんことといとどうたてかるべきには侍らずや、しかあれどもかの遊女の中に多く往生を遂《と》げ浦人《うらびと》のものの命を断つものの中にあつて終《つひ》にいみじき侍りし」と西行《さいぎょう》がいっているようにその女どもは今は弥陀《みだ》の国に生まれていつの世にも変わらぬものは人間のあさましさであることを憫笑《びんしょう》している

菩薩行
仏教で、菩薩として行うべき修行や実践を指す。

普賢
普賢菩薩のこと。謡曲「江口」では、遊女が普賢菩薩となる。

「江口桂本などいふ……」
西行『撰集抄』巻五第十一「江口尼事」からの引用。

憫笑
あわれみ、さげすんで笑うこと。

のであろうか。

　ひとりそんなふうにかんがえつづけていたわたしはあたまの中に一つ二つ腰折《こしおれ》がまとまりかけたのでわすれないうちにと思ってふところから手帳を出して月あかりをたよりに鉛筆《えんぴつ》をはしらせていった。わたしは、まだいくらか残っていた酒に未練をおぼえて一《ひと》口飲んでは書き一口飲んでは書きしたが最後の雫《しずく》をしぼってしまうと罎《びん》を川面《かわも》へほうり投げた。と、そのとき近くの葦《あし》の葉がざわざわとゆれるけはいがしたのでそのおとの方を振《ふ》り向くと、そこに、やはり葦のあいだに、ちょうどわたしの影法師《かげぼうし》のようにうずくまっている男があった。こちらはおどろかされたので、一瞬間《いっしゅんかん》、すこし無躾《ぶしつけ》なくらいにまじまじと風態《ふうてい》を見すえるとその男はべつにたじろぐ気色《けしき》もなくよい月でございますなとさわやかなこえで挨拶《あいさつ》して、いや、ご風流なことでございます、じつはわたくしも先刻からここにおりましたなれどもご清境《せいきょう》のおさまたげをしてはと存じてさしひかえておりましたがただいま琵琶行《びわこう》をおうたいなされましたのを拝聴《はいちょう》しまして自分もなにかひとくさり唸《うな》ってみたくなりました、ご迷惑《めいわく》でござりましょうがしばらくお耳を汚《よご》させてくださいませぬかと

腰折　自作の歌をへりくだっていうこと。

いう。見も知らぬ人がこういうふうに馴《な》れ馴れしく話しかけるのは東京ではめったにないことだけれどもちかごろ関西人のこころやすだてをあやしまぬばかりかおのれもいつか土地の風俗《ふうぞく》に化せられてしまっているのでそれはごていねいなことです、ぜひ聞かせていただきましょうと如才《じょさい》なくいうとその男はきゅうに立ってまたざわざわとあしの葉を押《お》し分けてわたしの傍《そば》へ来てすわりながら、失礼でござりますがひとついかがでござりますと自然木《じねんぼく》の杖《つえ》に結《ゆわ》いつけてある紐《ひも》をほどいて何かを取り出した。みれば左の手に瓢簞《ひょうたん》を持ち右の手にちいさな塗《ぬ》り物の盃《さかずき》を持ってわたしに突《つ》きつけているのである。さきほど鑵をお捨てになったようでござりましたがこちらにはまだこれだけござりますと言いながらひょうたんを振《ふ》ってみせて、さ、へたな謡《うた》いをきいていただく代わりにこれを受けてくださりませ、せっかくの酔《よ》いがおさめになっては興がなくなります、ここは川風がつめとうござりますからちと召《め》し上《あ》がりすごしても気づかいはござりますまいと否応《いやおう》なしにその盃を受けさせて、とく、とく、と、ここちよい音をさせてつぐのである。これはかたじけない、ではえんりょなくいただきますといって、わたしはその一杯《ぱい》をきよく乾《ほ》した。なんという酒かわからないけれども罎詰《びんづ》めの正宗《まさむね》を飲んだあとではほどよく木香《きが》の回っているまったりした冷酒の味がにわかに口の中をすがすがしくさせてくれるのであったが、さあ、もう一献《いっこん》おすごしなされませ、さあもう一献と矢つぎばやに三杯《ばい》までかさねさせてその三杯目の酒をわたしが飲んでいるあいだにやおら「小督《こごう》」をうたい出した。すこし酔《よ》いすぎているせいかいきぎれがしてくるしそうにきこえる。それに美声というほどでもなく音量も乏《とぼ》しいのであるが、さびをふくんだ、熟練を積んだこえではある。とにかく謡《うた》いぶりが落ちついているところをみると相当に年数をかけているのではあろう。しかしそんなことよりも見も知らぬ人のまえでこんなぐあいに気やすくうたい出してうたうとすぐにその謡っているものの世界へ己《おのれ》を没入《ぼつにゅう》させてしまいなんの雑念にも煩《わずら》わされないといったふうな飄逸《ひょういつ》な心境がきいているうちに自然とこちらへのりうつるので、わざは上達しないでもこういう心境をやしなうことができるものならば遊芸をならうということも徒爾《とじ》ではないように思われてくる。いや、結構でございました、おかげさまでいい保養をしましたというとせわしそうに息をはずませてまず乾《かわ》いた口

小督　謡曲《ようきょく》。「平家物語」にある、高倉《たかくら》院と小督の局《つぼね》の恋物語をもとに作られた。

徒爾　無駄《むだ》。無意味。

をうるおしてからまた盃《さかずき》をわたしにさしてさあいま一つおかさねという。まぶかにかぶっている鳥打帽子《とりうちぼうし》のひさしが顔の上へかげをつくっているので月あかりでは仔細《しさい》にたしかめにくいけれどもとしはわたしと同年輩《ねんぱい》ぐらいであろう、やせた、小柄《こがら》な体に和服の着流しで道行《みちゆき》のように仕立てたコートを着ている。失礼ながら大阪《おおさか》からおいでになりましたかと言葉のふしぶしに京よりは西のなまりがあるのでたずねると、さようでございます、大阪の南の方にささやかな店を持ちまして骨董《こっとう》をあきなっておりますという。散策のおかえりがけでもありますかというと、いえ、いえ、今夜の月をみるつもりで夕刻から出てきたのでございますが例年ならば京阪《けいはん》電車で出かけますところをことしは回りみちをして、新京阪《しんけいはん》へ乗りまして、このわたしをわたりましたのが仕合わせでございましたと腰《こし》のあいだから煙草《たばこ》入れの筒《つつ》を抜《ぬ》き取って煙管《きせる》にきざみをつめながらいうのである。とおっしゃるとまいねんどこぞ場所をさだめて月見にいらっしゃるのですか。さようでございます、と、そういってからたばこに火をつけるあいだ黙《だま》っていてまいねんわたくしは巨椋《おぐら》の池へ月見にまいるのでございますがこよいはからずもこのところを通りまし

きざみ
刻み煙草の略。

巨椋の池
宇治《うじ》市、京都《きょうと》市伏見《ふしみ》区にかけてあった、周囲約十六キロにわたる池。一九三三年から始まった干拓《かんたく》工事により埋《う》め立てられ、現在はない。

てこの川中の月をみることができましたのは何よりでございます、それと申しますのもあなたさまがここにやすんでいらっしゃるのをお見かけいたしましたばかりになるほどこれは恰好《かっこう》な場所だと気がつきましたようなわけでひとえにあなたさまのおかげでございます、まことに大淀《おおよど》の水を左右にひかえてあしのあいだから眺《なが》める月はまたかくべつでございますなと吸いがらを根つけの上におとしてあたらしくつめた煙草《たばこ》へその火を移しながら、なんぞ、よい句がおできになりましたらば拝聴《はいちょう》させてくださりませという。いやいや、おはずかしいできばえでなかなかおきかせするようなものではないのですとあわてて手帳をふところにしまい込《こ》むと、ま、そうおっしゃらずにといいながらも強《し》いては争わず、もうそのことは忘れたように、江月照《かう》ラシ松風吹《ふ》ク、永夜清宵《せいせう》何ノ所為《しょい》ゾと悠々《ゆうゆう》たる調子で吟《ぎん》じた。時に、と、こんどはわたしが尋《たず》ねた、あなたは大阪《おおさか》のお方であればこのへんの地理や歴史にお委《くわ》しいことと存じます、とすると、お伺《うかが》いしたいのはいまわたしどもがこうしているこの洲《す》のあたりにもむかしは江口《えぐち》の君のような遊女どもが舟を浮かべていたのではないでしょうか、この月に対してわたしの眼前にほうふつと現れてくる

江月照ラシ松風吹ク　唐《とう》の高僧、永嘉大師の作った証《しょう》導歌《どうか》の句。謡《よう》曲《きょく》「弱法師《よろぼうし》」、上田秋成《うえだあきなり》『雨月《うげつ》物語』の「青頭《あおず》巾《きん》」に引用されている。

ものは何よりもその女どものまぼろしなのです、わたしはさっきからそのまぼろしを追うこころを歌にしようとしていたのですけれどうまいぐあいにまとまらないので困っていたのです。されば、誰《たれ》しも人のおもうところは似たようなものでござりますなとその男は感に堪《た》えたようにいって、いまわたくしもそれと同じようなことをかんがえておりました。わたくしもまたこの月を見まして過ぎ去った世のまぼろしをえがいていたのでござりますとしみじみとそういうのである。お見受け申すところあなたもご年輩《ねんぱい》のようですがとわたしはその男の顔をのぞきこみながらいった、おたがいにこれは年のせいですな、わたしなぞ、ことしは去年より、去年はおととしより、一年一年と、秋のさびしさというか、あじきなさというか、まあ一《ひと》くちにいえばどこからともなくおとずれてくるまったく理由のない季節の悲しみというようなものを感じることが強くなります、風のおとにぞおどろかれぬるといいすだれうごかし秋のかぜ吹くという、ああいう古歌のほんとうの味がわかってくるのはわれわれのとしになってからです、さればといってかなしいから秋はいやかというのにあながちそうでもありませぬ、若い時分には一年じゅうで春が

風のおとにぞおどろかれぬる
「秋来ぬと目にはさやかに見えねども風のおとにぞおどろかれぬる」藤原敏行（『古今和歌集』巻第四）

すだれうごかし秋のかぜ吹く
「君待つとわが恋ひをればわがやどのすだれ動かし秋の風吹く」額田王（『万葉集』巻四）

いちばん好きでしたけれどもいまのわたしには春よりも秋のくるのが待たれます、人間はとしをとるにつれて、一種のあきらめ、自然の理法にしたがって滅《ほろ》んでゆくのをたのしむといったふうな心境がひらけてきて、しずかな、平均のとれた生活を欲するようになるのですね、ですから花やかなけしきを眺《なが》めるよりも淋《さび》しい風物に接する方が慰《なぐさ》められ現実の逸楽《いつらく》をむさぼるかわりに過去の逸楽の思い出にふけるのがちょうど相応するようになるのではありますまいか、つまり、往時をしたう心持ちは若い人には現在となんのかんけいもない空想にすぎませんけれども老人にとってはそれ以外に現在を生きてゆくみちがないわけです。いかにも、いかにも、おっしゃるとおりでございますとそのおとこはしきりにうなずいて、普通《ふつう》のお方でもお年をめすとそうなるのがあたりまえでございましょうがわけてわたくしはまだおさない時分十五夜の晩に毎年父につれられて月下の路《みち》を二里も三里もあるかせられたおぼえがあるものでございますからいまだに十五夜になりますとそのころのことがおもい出されるのでございます、そういえば父も今あなたさまがおっしゃったようなことを申してお前にはこの秋の夜のかなしいことがわかるま

二里　一里は約三・九キロメートル

いがいずれはわかるときがくるぞとよくそんなふうに申したものでございますという。はて、それはどういうわけなのです、あなたのお父上は十五夜の月がそんなにもお好きだったのですか、そうしてまたおさないあなたをつれて二里も三里ものみちをあるかれたというのは。さあ、はじめてつれて行かれましたときは七つか八つでございましたからなにもわかりませなんだけれどもわたくしの父は路次《ろうじ》のおくの小さな家に住んでおりまして母は二三年まえに死去いたし親子二人ぎりでくらしておりましたのでわたくしをおいて出あるくことができなんだのでもございましょう、なんでもわたくしは、坊《ぼう》よ、月見につれて行ってやろうといわれて明るいうちから家を出ましてまだ電車のない時分でございましたから八軒屋《はちけんや》から蒸汽船《じょうきせん》に乗ってこの川すじをさかのぼったことをおぼえておりまず、そして伏見《ふしみ》で船を上がったのでございましたがはじめはそこが伏見の町だということも知りませなんだ、ただ父が堤《つつみ》のうえをどこまでもあるいていきますのでだまってついてまいりましたらひろびろとした池のあるところへ出ました、いまかんがえるとそのとき歩かせられた堤というのは巨椋堤《おぐらづつみ》なのでございまして池は巨椋の池だったのでござ

路次
裏長家などにある細い通路のことをいう京阪の方言。

ります、それゆえあのみちのりは片道一里半か二里はございましたでしょう。ですが、と、わたしは口をはさんでいった、なんのためにあんなところをあるいたのです、池水に月のうつるのをながめてあてもなしにぶらついたというわけなのですか。さればでございます、ときどき父はつつみのうえに立ちどまってじっと池のおもてをみつめて、坊《ぼう》よ、よいけしきであろうと申しますので子供ごころにもなるほどよいけしきだなあと思ってかんしんしながらついてまいりますと、とある大家《たいけ》の別荘《べっそう》のような邸《やしき》のまえを通りましたら琴《こと》や三味線《しゃみせん》や胡弓《こきゅう》のおとが奥《おく》ぶかい木々のあいだから洩《も》れてまいるのでございました、父は門のところにたたずんでしばらく耳をすましておりましてやがて何を思いつきましたのかそのやしきの広い構えについて塀《へい》のまわりをぐるぐる回っていきますので、またわたくしもついていきますとだんだん琴や三味線のねいろがはっきりときこえてまいりほのかな人声などもいたしましてと奥庭《おくにわ》の方へ近づいていることがわかるのでございました、そして、もうその辺は塀が生垣《いけがき》になっておりましたので父は生垣のすこしまばらになっている隙間《すきま》から中をのぞいてどういうわけか身うごきもせずにそのままそこをはなれないものでございますからわたくしも葉と葉のあいだへ顔をあててのぞいてみましたら芝生《しばふ》や築山《つきやま》のあるたいそうな庭に泉水《せんすい》がたたえてありまして、その水の上へむかしの泉殿《いずみどの》のようなふうに床《ゆか》を高くつくって欄杆《らんかん》をめぐらした座敷《ざしき》がつき出ておりまして五六人の男女が宴《うたげ》をひらいておりました、欄杆の端《はし》にちかくいろいろとおもりものをした台が据《す》えてありましてお神酒《みき》や灯明がそなえてありすすきや萩《はぎ》などが生けてありますのでお月見の宴会《えんかい》をしているらしいのでございましたが、琴をひいているのは上座の方にいる女の人で三味線は島田に結《ゆ》った腰元《こしもと》ふうの女中がひいておりました、それから検《けん》校《ぎょう》か遊芸《ゆうげい》の師匠《ししょう》らしい男がいてそれが胡弓《こきゅう》をひいております、わたくしどものぞいておりますところからはその人たちの様子はしかとわかりかねましたけれどもちょうどこちらから正面のところに金屏風《きんびょうぶ》がかこってありましてやはり島田に結った若い女中がそのまえに立って舞《ま》い扇《おうぎ》をひらひらさせながら舞っておりますのが顔だちまでは見えませぬけれどもしぐさはよく見えるのでございます、座敷の中にはまだその時分は電灯が来ていなかったものかそれともわざとそうしてありましたものか燭台《しょくだい》の灯がかそれとも風情《ふぜい》をそえるためにわざとそうしてありましたものか燭台の灯が

泉殿　平安《へいあん》、鎌倉《かまくら》時代における泉のある邸宅《ていたく》。
おもりもの　御盛物。器に盛って神仏に供える食物。

ともっていて、その穂《ほ》が始終ちらちらしてみがきこんだ柱や欄杆《らんかん》や金屏風《きんびょうぶ》にうつっております。泉水《せんすい》のおもてには月があかるく照っていまして汀《みぎわ》に一艘《そう》の舟がつないでありましたのは多分その泉水は巨椋《おぐら》の池の水をみちびいたものなのでここからすぐに池の方へ舟で出られるようになっているのでござりましょう、で、ほどなく舞《ま》いが終わりますと腰元《こしもと》どもがお銚子《ちょうし》を持って回ったりしておりましたが、こちらから見たぐあいでは腰元どもの立ちいふるまいのうやうやしい様子からどうもその琴《こと》をひいた女が主人らしゅうござりましてほかの人たちはそのお相手をしているようなのでござりました。なにしろ今から四十何年の昔のことでござりましてそのころは京や大阪《おおさか》の旧家などでは上女中《かみじょちゅう》には御守殿風《ごしゅでんふう》の姿をさせ礼儀作法《れいぎさほう》は申すまでもござりませぬが物好きな主人になりますと遊芸《ゆうげい》などをならわせたものでござりますから、このやしきもいずれそういう物持ちの別荘《べっそう》なのであの琴をひいた女はこの家の御寮人《ごりょうにん》でござりましょう、しかしその人は座敷《ざしき》のいちばん奥《おく》の方にすわっておりましてあいにくとすすきや萩《はぎ》のいけてあるかげのところにかおがかくれておりますのでわたくしどもの方からはその人柄《ひとがら》が見えにくいのでご

御守殿風
大名や大きな武家などの奥女中が御守殿女中で、その風俗をいう。

御寮人
商家の主婦の敬《けい》称《しょう》。主として上《かみ》方《がた》で用いられた。

ざりました、父はどうかしてもっとよく見ようとしているらしく生垣《いけがき》に沿うてうろうろしながら場所をあっちこっち取りかえたりしましたけれどもどうしても生け花が邪魔《じゃま》になるような位置にあるのでございます、が、髪《かみ》のかっこう、化粧《けしょう》の濃《こ》さ、着物の色あいなどから判じてまだそれほどの年の人とは思われないのでございまして、ことにその声のかんじが若《わこ》うございました、だいぶん隔《へだ》たっておりましたから何を話しているのやら意味はきき取れませなんだがその人のこえばかりがきわだってよくとおりまして、「そうかいなあ」とか「そうでっしゃろなあ」とか大阪言葉でいっている語尾《ごび》だけが庭の方へこだましてまいりますので、はんなりとした、余情に富んだ、それでいてりんりんとひびきわたるようなこえでございました、そしていくらか酔《よ》っているとみえましてあいまあいまにころころと笑いますのが花やかなうちに品があって無邪気《むじゃき》にきこえます、「お父さん、あの人たちはお月見をして遊んでいるんですね」とそういってみますと「うん、そうらしいね」といって父はあいかわらずその垣根《かきね》のところへ顔をつけております、「だけど、ここは誰《だれ》の家なんでしょう、お父さんは知っているのですか」とわたくしはまたかさ

はんなり
はなやかで明るく、ものやわらかなさま。

ねてそういってみましたけれど今度は「ふむ」と申しましたきりすっかりそちらへ気を取られて熱心にのぞいているのでございます、それがいまから考えましてもよほど長い時間だったのでございましてわたくしどもがそうしておりまするあいだに女中がろうそくのしんをきりに二度も三度も立っていきましたし、まだそのあとで舞《ま》いがもう一番ござりましたし、女あるじの人がひとりでうつくしいこえをはりあげて琴《こと》をひきながら唄《うた》をうたうのをききました。それからやがて宴会《えんかい》がすんでその人たちが座敷《ざしき》を引きあげてしまうまで見ておりましてかえりみちにはまたとぼとぼと堤《つつみ》の上をあるかせられたのでございます、もっともこういうふうに申しますとそんなおさない時分のことを非常にくわしくおぼえているようでござりますがじつは先刻も申し上げましたようなしだいでそのとしだけのことではないのでござります、そのあくる年もそのあくる年も十五夜の晩にはきっとあの堤をあるかせられてあの池のほとりの邸《やしき》の門前で立ちどまりますと琴や三味《しゃみ》せんがきこえてまいります、すると父とわたくしとは塀《へい》を回って生垣《いけがき》の方から庭をのぞくのでござります、座敷のありさまも毎年たいがい同じようでござりましていつもあの女あるじらしい人が芸人や腰元《こしもと》をあつめて月見の宴《えん》を催《もよお》しながら興じているのでござりました、でござりますから最初のとしに見ましたこととその次々のとしに見ましたこととがややこしくなっておりますけれどもいつのとしでもだいたいただ今お話ししたようなふうだったのでござります。なるほど、と、わたしはいつかその男のものがたる追憶《ついおく》の世界へひき入れられながらいうのであった、それでいったいその邸というのは何だったのです、毎年お父上がそこへ出かけて行かれたのには何か理由があったのでしょうね。その理由でござりますかとその男はやや躊躇《ちゅうちょ》してからいった、それをお話し申しましてもよろしゅうござりますけれども見ず知らずのあなたさまをこんなところにいつまでもお引きとめしておきましてご迷惑《めいわく》ではござりますまいか。でもそこまで伺《うかが》ってあとを伺わないのでは心のこりです、そんなご遠慮《えんりょ》にはおよびませぬというとありがとうござりますそれならお言葉にあまえまして聞いていただきますがといってさっきの瓢簞《ひょうたん》を取り出して心のこりと申せばここにまだこれだけござります、まずそのまえにこれをかたづけてしまいましょうと盃《さかずき》をわたしに受けさせてまたあの、とく、とく、という音をさせるのである。

さてそのひょうたんの酒をきれいに滑《した》んでしまってからその男は語りつぐのであった。父がそれをわたくしに話してくれましたのはまいとし十五夜の晩にその堤《つつみ》をあるきながら子供にこんなことをいってきかせてもわかるまいけれどもいまにお前も成人するときがくるのだからよくおれのいったことをおぼえていてそのときになっておもい出してみてくれ、おれもお前を子供だと思わずに大人にきいてもらうつもりではなしをするとそういってそれをいうときはいつもたいへん真顔になって、どうかすると自分とおなじ年ごろの朋輩《ほうばい》を相手にしているようなもののいいかたをするのでございました。そんな場合父はあの別荘《べっそう》の女あるじのことを「あのお方」といったり「お遊様《ゆうさま》」といったりしてお遊さまのことをわすれずにいておくれよ、おれがこうして毎年おまえをつれてくるのはあのお方の様子をお前におぼえておいてもらいたいからだと涙《なみだ》ぐんだこえでいうのでございました。わたくしはまだ父のいうことがじゅうぶんには会得《えとく》できませなんだがそれでも子供は好奇《こうき》心が強うございますし父の熱心にうごかされて一生懸命《けんめい》に聴《き》こう聴こうといたしまし

滑んで　しずくまで、したたらせて。

たのでこうなんとなく気分がつたわってまいりましておぼろげにわかったような かんじがしたのでございます。で、そのお遊さまという人はもと大阪《おおさか》の小曾部《こそべ》という家のむすめでございましてそれが粥川《かゆかわ》という家へ器量《きりょう》のぞみでもらわれて行きましたのが十七のとしだったそうにございます。ところが四五年しましてからご亭主《ていしゅ》に死に別れまして二十二三のとしにはもう若後家《ごけ》になっていたのでございます。もちろん今の時節ならばそんなとしから後家をたてとおす必要もございませせぬし世間もだまって捨てておくはずはございませぬけれどもそのころは明治初年のことで旧幕時代の習慣が残っておりましたし、実家の方にも嫁入《よめい》り先の粥川の方にもやかましい老人がいたということでございますし、ことに亡《な》くなったご亭主とのあいだに男の子が一人ありましたそうにございますからなかなか再縁《さいえん》というようなことは許されなんだものとみえます。それにお遊さんは望まれて行ったくらいでございますから姑《しゅうとめ》にもご亭主にもたいへん大事にされまして実家にいましたときよりもずっとわがままにのんびりとくらしておりましたので後家になりましてからもときおり大勢の女中をつれて物見遊山《ものみゆさん》に出かけていくというふうでそういう贅沢《ぜいたく》は自由にできたのだそうにござりますからはたから見ればまことに気楽な境涯《きょうがい》なのでござりまして、当人もその日その日の花やかな生活に紛《まぎ》れてかくべつ不平も感じなかったのでござりましょう。わたくしの父がはじめてお遊《ゆう》さんを見ましたときはお遊さんという人はそういう身の上の後家《ごけ》さんだったのでござります。そのとき父が二十八歳《さい》でわたくしなどの生まれます前、独身時代でござりましてお遊さんが二十三だったと申します。なんでも夏の初めのことで父は妹の夫婦、わたくしの叔父叔母《おじおば》にあたります人と道頓《どうとん》堀《ぼり》の芝居《しばい》に行っておりましたらお遊さんがちょうど父のまうしろの桟敷《さじき》に来ておりました。お遊さんは十六七ぐらいのお嬢《じょう》さんと二人づれでほかに乳母《うば》か女中頭《がしら》といったような老女が一人と若い女中が二人つき添《そ》っておりましてその三人がお遊さんのうしろからかわるがわる扇子《せんす》であおいでおりました。父は叔母がお遊さんに会釈《えしゃく》をしましたのであれはというと粥川《かゆかわ》の後家さんだという話で、つれのお嬢さんはお遊さんの実の妹、小曾部《こそべ》の娘《むすめ》だったのでござります。おれはその日、最初にひとめ見たときから好もしい人だと思ったと父はよくそう申しましたがいったいその時分は男でも女でも婚期《こんき》が早《はよ》うご

道頓堀
大阪《おおさか》市中央区の道頓堀川の南の地域を指す。芝居《しばい》小屋などが並ぶ大阪一の盛り場だった。

ざりましたのに父が総領でありながら二十八にもなって独身でおりましたのはえりこのみがはげしゅうございまして降るようにあった縁談《えんだん》をみんなことわってしまったからなのでございました。もっとも父もお茶屋遊びはいたしましたそうにございましてその方面になじみの女がないことはございませなんだけれどもさて女房《にょうぼう》にするとなるとそういう女ではいやなのでございました。と申しますのは父には大名趣味《しゅみ》と申しますか御殿風《ごてんふう》と申しますかまあそういったふうな好みがございまして、いきな女よりも品のよい上臈《じょうろう》型の人、裲襠《うちかけ》を着せて、几帳《きちょう》のかげにでもすわらせて、源氏《げんじ》でも読ませておいたらば似つかわしいだろうというような人がすきなのでございましたから芸者では気に入るはずがないのでございます。それにしましても父がどういうところからそんなふうな趣味になりましたものか町人にそぐわないようでございますけれども、大阪《おおさか》も船場《せんば》あたりの家になりますと奉公人《ほうこうにん》の礼儀作法《れいぎさほう》がめんどうでございましていろいろ格式をおもんじるふうがございましたので小さな大名などよりも貴族的なところがあったくらいでございますからおおかた父もそういう家庭にそだったせいでございましょう。とにかく父はお遊さんを

総領
兄弟姉妹の中で一番年上の者。長男、長女。

お茶屋遊び
茶屋は、客を妓楼《ぎろう》に案内する店のことで、そこに芸者などを呼んで遊ぶことをいう。

船場
大阪市中央区にあり、大阪の商業・金融《きんゆう》など、経済の中心地であった。

見ましたときひごろ自分のおもっていたような人柄《ひとがら》の人だとかんじたのでござります。なぜそうかんじましたものかわかりませぬがすぐまうしろにいたのだそうにござりますから女中どもにものをいうときの口のききかた、そのほかの態度やものごしなどがいかにも大家の御寮人《ごりょうにん》らしくおうようだったのかもしれませぬ。お遊《ゆう》さんという人は、写真を見ますとゆたかな頬《ほお》をしておりまして、童顔という方の円いかおだちでござりますが、父にいわせますと目鼻だちだけならこのくらいの美人は少なくないけれども、おゆうさまの顔には何かこうぼうっと煙《けむ》っているようなものがある、かおの造作《ぞうさく》が、眼《め》でも、鼻でも、口でも、うすものを一枚かぶったようにぼやけていて、どぎつい、はっきりした線がない、じいっとみているとこっちの眼のまえがもやもやと翳《かげ》ってくるようでその人の身のまわりにだけ霞《かすみ》がたなびいているようにおもえる、むかしのものの本に「蘭《ろう》たけた」という言葉があるのはつまりこういう顔のことだ、おゆうさまのねうちはそこにあるのだというのでござりましてなるほどそう思ってみればそう見えるのでござります。だいたいそういう童顔の人は所帯やつれさえしなければわりあいに若々しさを失わないものでございますがお遊さんは十六七の時から四十六七になりますまで少しも輪廓《りんかく》に変わりがなくていつみても娘々《むすめむすめ》したういういしいかおをしていた人だと叔母《おば》なども始終そう申しておりました。でございますから父はその、お遊さんのぼうっとした、いわゆる「蘭たけた」ところに一眼《ひとめ》でこころをひかれたのでございまして父の趣味《しゅみ》をあたまにおいてお遊さんの写真を見ますとなるほどこれなら父が好いたであろうということがわかってまいるのでございます。つまり一口に申しますなら、古い泉蔵《いずくら》人形の顔をながめておりますときに浮《う》かんでまいりますような、晴れやかでありながら古典のにおいのするかんじ、おくぶかい雲上の女房《にょうぼう》だとかお局《つぼね》だとかいうものをおもい出させるあれなのでございます。あの匂《にお》いがどこかお遊さんのかおのなかに立ち迷っているのでございます。わたくしの叔母、いま申しました父の妹は、このお遊さんの幼友達でございまして娘時代には同じ琴《こと》の師匠《ししょう》のところへかよっていたものでございますから、おいたちのことだの家庭のことだの輿入《こしい》れのときのことだのいろいろと事情を知っておりましたのでそのとき父に話したのでございますが、お遊さんにはきょうだいが大勢ありまして芝居《しばい》へ連れてき

泉蔵人形
江戸《えど》時代初期に京都《きょうと》で造り出された御所《ごしょ》人形のこと。

ておりました妹のほかにまだ姉さんも妹もありましたけれども中でもお遊《ゆう》さんがいちばん両親に可愛《かわい》がられていてどんなわがままでもお遊さんなら許されるというふうでとくべつあつかいにされていたそうにございます。それはお遊さんがきょうだいじゅうでの美人でござりましたからそれもあったかもしれませぬけれども、ほかのきょうだいたちもお遊さんだけは別物のようにかんがえておりまして誰《だれ》もそうするのがあたりまえだと思っているというようなふうであったと申します。おばの言葉を借りますなら「お遊さんという人は徳な人だった」と申しますので自分の方からそうしてほしいというわけでもなくまたいばったり他人をおしのけたりするのでもござりませぬが、まわりの者がかえっていたわるようにしましてその人にだけはいささかの苦労もさせまいとして、お姫《ひめ》さまのように大切にかしずいてそうっとしておく。自分たちが身代わりになってもその人には浮世《うきよ》の波風をあてまいとする。おゆうさんは、親でも、きょうだいでも、友だちでも、自分のそばへ来る者をみんなそういうふうにさせてしまう人柄《ひとがら》だったのでござります。叔母《おば》なども娘《むすめ》のころにお遊さんのところへあそびにまいりますとお遊さんは小曾部《こそべ》の家のたからものといったあんばいで身のまわりのどんなこまかい用事にでも自分が手をくだしたことはなくほかの姉さんや妹たちが腰元《こしもと》のように世話をやくことなどがございましたけれどもそれがすこしも不自然でなくそういうようにされているお遊さんがたいへんあどけなくみえたそうにございます。父はおばからそんな話をききましていっそうお遊さんがすきになりましたがそののちはついぞよいおりもなくてすごしますうちあるときお遊さんが琴《こと》のおさらいに出るという噂《うわさ》を叔母がききつたえてまいりましてお遊さんをみたければわたしが一緒《いっしょ》に行ってあげるからと父を誘《さそ》ったのでございました。そのおさらいの日にお遊さんは髪《かみ》をおすべらかしにして裲襠《うちかけ》を着て香《こう》をたいて「熊野《ゆや》」を弾《ひ》きました。さようでございます、いまでも許しものを弾きますときには特にそういう儀式《ぎしき》張ったことをする習慣があるのでございましてずいぶんそのためには大げさな費用をかけるものなので金のあるお弟子《でし》には師匠《しょう》がそれをやらせたがるのでございますが、お遊さんもたいくつしのぎに琴のけいこをしておりまして師匠からすすめられたのでございましょう。ところでお遊さんのこえのよいことは前にも申しましたようにわたくし自身も聞

許しもの
芸道で、師から免許を受けて学習する曲目や技芸。

いたことがござりましてよく存じておりますのでその人柄を知ってそのこえをおもうと今さらのように奥床《おくゆか》しさをおぼえるのでござりますが父はそのときにはじめてお遊《ゆう》さんの琴唄《ことうた》をきいて非常にかんどうしたのでござります。そのうえおもいもかけず裲襠《うちかけ》すがたのお遊さんを見たのでござりますからかねがねゆめにあこがれていたまぼろしが事実になったのでござりましてさだめし父は自分の眼《め》をうたがったほどにおどろきもしよろこびもしたでござりましょう。なんでも叔母《おば》がその琴唄のすんだあとで楽屋へ会いにいきましたらまだ裲襠を着たままできょうのおさらいは琴はどうでもよいのだけれどもいっぺんどうしてもこういう姿がしてみたかったのだといってなかなか裲襠をぬぎたがらないでこれから写真をうつすのだなどといっていたそうにござります。父はまたその話をききましてお遊さんの趣味《しゅみ》がたまたま自分と一致《いっち》していることを知ったのでござりました。そういうわけで父は自分の妻にすべき人はお遊さんをおいてほかにはないとおもったのでござりまして自分が長いあいだ胸にえがきつつ待っていた人はお遊さんであったことをかんじたのでござりましてその望みをそれとなく叔母に洩《も》らしてみたのでござりましたが叔母は先方の事情がよくわかっていたものでございますから父のこころもちに同情はしてくれましたけれどもとうていそんなことはだめだからというのでございました。叔母の申しますのには子供でもなければなんとか話の持っていきようもあるけれどもお遊さんにはこれから養育していかなければならない頑是《がんぜ》ない子供がある。それも大事な世悴《よせがれ》であってみればその児《こ》をすてて粥川《かゆかわ》の家を出られそうなわけがない、のみならず姑《しゅうとめ》さんもあれば、実家の方でも母親は亡《な》くなっていましたが父親はまだ達者でいる、そういう老人たちがお遊さんをああいうふうに気随《きずい》にさせておくのは若後家《ごけ》という境遇《きょうぐう》をきのどくにおもってできるだけさびしさをわすれるようにさせようという慈《いつく》しみから出ているので、その代わりには一生操《みさお》を立て通しておくれよという意味がこもっているのだしお遊さんもそれは承知であれだけ栄耀栄華《えいようえいが》をしても不品行《ふひんこう》なうわさはきいたこともないので、当人も二度と縁《えん》づくりょうけんはないにきまっているというのでございます。父はそれでもあきらめかねてそういうわけなら嫁《よめ》にもらおうといわないから叔母が仲に立ってときどき会えるように計らってくれ、自分はせめてかおを見るだけでもまんぞくすると

世悴　世継《つ》ぎとする息子《むすこ》。長男。

いうのでございました。叔母《おば》はちちがそんなにまで申しますのをそれもきかないとはいいかねたのでございますがしかしお遊《ゆう》さんと親しくしておりましたのはお互《たが》いに娘《むすめ》時分のことでもうそのころは疎遠《そえん》になっておりましたのでございますから、ちょっとそれもむずかしい注文なのでございました。でまあおばもいろいろ考えまして、ではいっそお遊さんの妹をもらったらどうです、どうせほかの人をもらう気がないのだったら妹でがまんおしなさい、お遊さんはのぞみがないけれども妹でよかったら随分《ずいぶん》はなしになるだろうからと、そういい出したのでございます。その妹といいますのはお遊さんが芝居《しばい》へつれてきておりました「おしず」という娘のことなのでございましてそのうえの妹はもうよそへかたづいておりましてお静《しず》さんがちょうど年ごろになっておりました。父は芝居のときに見ておりますから顔をおぼえていたわけでございまして叔母にそういわれましたときによほどかんがえたらしいのでございます。と申しますのはおしずさんも美人でないことはない、お遊さんとは顔だちが違《ちが》っていたのでございますけれどもやはりきょうだいでござりますからどこかにお遊さんをしのばせるようなところはある、しかし何よりも不満なのはお遊さんのかおにあるあの「蘭《ろう》たけた感じ」がない、お遊さんよりずっと位が劣《おと》って見える、おしずさんだけを見ていればそうでもございませぬけれどもお遊さんとならべましたらお姫《ひめ》さまと腰元《こしもと》ほどのちがいがある、それゆえもしおしずさんがお遊さんの妹でなかったら問題にならなんだかもしれませぬがお遊さんの妹であるゆえにお遊さんとおなじ血がその体の中にかよっておりますゆえに父はおしずさんも好きだったのでござります。が、さればといっておしずさんでがまんするというところまでは容易にけっしんがつかないのでござりました。それはそういうつもりでもらったのでは第一おしずさんにすまなくもある、それにまた父はお遊さんに対してどこまでも純なあこがれを持ちつづけたい、一生お遊さんというものをひそかに心の妻としておきたいというような意地がござりまして妹にもせよほかの人を女房《にょうぼう》にしましては、その、自分の心持ちがおさまらないのでござります。けれどもまたかんがえてみますと妹を嫁《よめ》にもらいましたらこれからたびたびお遊さんに会うこともでき言葉をかわすこともできるのでござりますがそうでなかったらこののち一生涯《いっしょうがい》のあいだ偶然《ぐうぜん》にめぐまれるよりほかにはめったに顔を見ることもできないわけでございましてそれを思いますときゅうにたまらなく淋《さび》しくなるのでございました。父はそんなふうに迷いぬきまして結局おしずさんと見合いをするまでに運んだのでございましたが、正直のところまだその時分までほんとうにおしずさんをもらうという意志はなかったのでございましてそれよりもじつは見合いにかこつけて一遍《いっぺん》でもよけいおゆうさんに会いたかったのでございます。父のこのおもわくはうまくあたりましてお遊《ゆう》さんは見合いとか打ち合わせとかのたびごとに出てまいりました。小《こ》曾部《そべ》の家には母親がおりませなんだし、そこへもってきてお遊さんがひまな体でございましたからおしずさんは月のうち半分ぐらいは粥川《かゆかわ》の方へとまりに行っているというようなぐあいでどっちの家の娘《むすめ》だかわからないようにしておりましたので自然お遊さんの出る幕が多かったのでございますがそれが父にはねがってもない仕合《しあ》わせだったのでございます。父はもともと目的がそこにあったのでございますからなるべく話を引っぱっておくようにしましてニ度も三度も見合いをして半年ばかりぐずぐずにしておきましたのでそんなことからお遊さんも叔母《おば》のところへ足しげく来るようになりました。そのあいだには父とも話をするようなことがございましてだんだん父というものがわかってまいったのでございます。するとある日のことお遊さんは父にむかって、あなたはお静《しず》がおきらいですかと尋《たず》ねるのでございました。父がきらいではありませんといいましたらそれならどうぞもらってやってくださいましといってしきりに妹との縁組《えんぐ》みをすすめるのでございましたが叔母に向かってはもっとはっきりと自分はきょうだいじゅうであの児《こ》といちばん仲好くしているからどうかあの児を芹橋《せりはし》さんのような人と添《そ》わしてやりたい、あいう人を弟に持ったら自分も嬉《うれ》しいということを申したそうにございます。父の決心がきまりましたのはまったくこのお遊さんの言葉がありましたためでございましてそれから間もなくおしずの輿入《こしい》れがございました。さようでございます、でございますからおしずは私の母、お遊さんは伯母になるわけでございますけれどもそれがそう簡単ではないのでございます。父はお遊さんの言葉をどういう意味に取りましたのかわかりませぬがおしずは婚礼《こんれい》の晩にわたしは姉さんのこころを察してここへお嫁《よめ》に来たのです、だからあなたに身をまかせては姉さんにすまない、わたしは一生涯《いっしょうがい》うわべだけの妻で結構ですから姉さんを仕合《しあ》わせにして上げてくださいとそういって泣くのでございました。

　ちちはおしずのおもいがけない言葉をききましてゆめのようなここちがしたのでございます。と申しますのは自分こそお遊《ゆう》さんをひそかにしたってりましたけれどもお遊さんにそのいちねんがとどいていようとは思ってもおりませなんだし、まして自分がお遊さんから慕《した》われていようなどとは考えたこともなかったからでございます。それにしてもそなたはどうして姉さんのむねのうちを知っていなさる、そういうのには何かしょうこがあっての上でなければならぬが姉さんがそういうことを洩《も》らしたことがあるとでもいうのかと泣いているのを問いつめましたら、そのようなことを口へ出していうはずもなし聞くはずもありませぬけれども私にはよくわかっておりますと申すのでございました。おしずが、わたくしの母が、まだ世馴《な》れないむすめの身としてそれをかんづいておりましたというのは不思議のようでございますがのちに知れたところを申しますと初め小曾部《こそべ》の人たちはこのえんだんは年がちがいすぎるからと申してことわることにきめておりましてお遊さんも皆《みな》がそういう意見ならばといっていたのでございましたが、それからある日おしずがあそびに行きましたらわたしはこんなよい縁《えん》はないと思っているけれども自分がもらう婿《むこ》でもないのにみんながああいっているものをぜひにというわけにもいかない、いやでさえなかったら静《しず》さんの口から行かしてほしいということをいい出してみたらどうかしらん、そうしたらわたしもあいだをとりなしてうまくまとめてみせるけれどもとそういいますので自分にはさだまったかんがえもございませなんだのでそれほど姉さんが気に入っているのだったら悪いはずはありますまい、わたしは姉さんがよいということならその通りにしますといいますとそういってくれるのはうれしいといって、十一二の年のちがいなら世間には例のあることだし、それに何よりもあの人はわたしと話が合うような気がする、きょうだいたちがお嫁《よめ》にいくとだんだん他人になってしまうのでしずさんだけは誰《だれ》にも取られたくないのだけれどもあの人ならば取られたという気がしないできょうだいが一人ふえたようなこころもちになれるであろう、こういうと自分の都合であの人を押《お》しつけるようだけれどもわたしによい人なら静さんにもよいにちがいないから姉に孝行をするとおもってここはいうことをきいておくれ、わたしのきらいな人のところへ行かれたのでは遊び相手がないようになってこれからさき淋《さび》しくてしようがないからというのでござりました。まえにも申しましたようにつねづねみんなからいとしがられてわがままをわがままとかんじないように育った人でござりますから仲よくしている妹にあまえただけのことだったのでござりましょうがそのときおしずはお遊《ゆう》さんのそぶりのなかに何かしらいつもの甘《あま》えかたとちがったものがあるのを看《み》てとりました。身勝手なことや無理をいうほどよけい様子が可愛《かわい》くみえるのでござりましたが大方そのときはあどけない中にも一種の熱がこもっていたのでござりましょうか。お遊さんじしんはそんなつもりではなかったとしてもお静《しず》にそれがわかったのではござりますまいか。うちきな女というものは黙《だま》っていながら気がまわるものでござりますがお静がやはりそうだったのでござりましてきっとそのほかにも思いあたるふしがあったのでござりましょう。そういえばお遊さんはちちと懇《こん》意《い》になりましてからきゅうに顔のいろつやなどもいきいきとしてまいりお静を相手に父のうわさをしますのをこのうえもないたのしみにしているふうがあったと申します。父はおしずにそれはそなたの思いすごしというものだからと、とどろく胸のうちをさとられまいとして心外な態度をよそおいながらえんあって夫婦になったうえは不足なところもあろうけれども何もやくそくごとだと思ってくれぬか、そなたの姉様孝行はけっこうなことにちがいないが自分のひとりがてんから筋道の通らぬ義理をたててわたしにつれないしうちをしては姉さんの本意にもそむくことになろう、よもや姉さんはそんなことを望んでいなさるはずがないからそれをきいたらきっとめいわくしなさるだろうといいますとしかしあんさんがわたしをおもらいなされたのは私のねときょうだいになりたかったからでござりましょう、姉はあんさんの妹さんからそんなはなしをきいておりましたので私もしょうちしておりました、あんさんはずいぶん今日までよいえんだんがありながらどれもお気にめさなんだとやらではござりませぬか、そんなにむずかしいお方がわたしのようなふつつかなものをもらってくださいましたのはあの姉があるゆえでござりましょうといいますので父はこたえることばがなくさしうつむいてしまいましたら、そのいつわりのないお胸の中をひとこと姉につたえましたらどんなによろこぶかとおもいますけれどもそうしてしまってはかえってお互《たが》いにえんりょが出るでござりましょうから今はなにも申しませぬがわたしにだけはどうかお隠《かく》しなされますな、それこそお恨《うら》みにぞんじますといいますので、なるほど、そなたにそれほどの思いやりがあって来てくれたのだとは知らなんだ、そのこころづくしは一生わすれますまいと父もなみだをながしながらそれにしてもわたしはあの人をきょうだいとばかりおもうようにしているのだし、そなたがなんとしてくれたところでそう思うよりどうもなりようはないのだからなまじ義理だてをしてくれるとあの人もわたしもそれだけ苦しまなければならない、そなたとしてはおもしろくないこともあろうが、わたしというものがよくよく嫌《きら》いでないのだったらこれも姉さんへの孝行だとおもってそんな水くさいことをいわずに夫婦になってくれまいか、そしてあの人はわたしたち二人の姉さんとして敬っていくようにしようではないかといいますとなんのあんさんを嫌っているのおもしろくないのとそんなもったいないことがござりましょう、わたしはむかしから姉さんしだいでござりますから姉さんに気に入っているあんさんなら私かて好きでござります、けれども姉さんの思っている人を夫にしてはすまないわけでござりますから本来ならばここへまいるのではござりませなんだが、そうかといって私がまいりませなんだら世間のてまえかえって仲が堰《せ》かれるようになるとおもってわたしこそあんさんの妹にしてもらうつもりで嫁入《よめい》りしましたといいますので、そんならそなたは姉さんのために一生を埋《う》もれ木にしてしまいなさるのか、妹にそんなことをさせてよろこぶような姉さんでもあるまいにせっかくきよいこころの人をけがすようなものではないかといいましたら、そういうふうにお取りなされてはこまります、わたしも姉さんのきよい心を心としたいのでござります、姉さんが亡《な》くなった兄さんに操《みさお》をたてていくのなら私だって姉さんのために操をたててみせましょう、わたしばかりが一生を埋もれ木にするのではござりませぬ、姉さんにしてもおなじことではござりませぬか、あんさんはご存じないかもしれませぬがあの姉さんは気だても器量《きりょう》もとりわけ人にかわいがられる生まれつきで一家じゅうが大名の児《こ》を預かってでもいるようにみんな気をそろえてあの人ばかりをかばうようにしておりましたのにその姉さんがあんさんというものがありながらままならぬ掟《おきて》にしばられているとわかってみれば私がそれを横取りしては罰《ばち》があたるでござりましょう、姉さんにきこえたらさだめしとんでもないことといわれましょうからあんさんだけがふくんでいてくださりませ、人に知ってもらえようともらえまいとわたしは自分の気のすむようにいたします、姉さんのようにしょうとく福運のそなわった人がどうにもならない世の中なら私などはもののかずでもござりませぬからせめてすこしでも姉さんをしあわせにして上げたいと最初からその覚悟《かくご》をしてここへもらわれてまいりました、それゆえあんさんもその気になって人の見ているところでは夫婦のようにふるまっても内実は操《みさお》をまもってくださりませ、そのしんぼうが勤まらぬようなら私のおもっている半分もねえさんをおもっていないのですとそういうものでござりますからこのおんながあの人のためにこうまで身を捨ててかかっているものを男のおのれが負けてなるものかと父もいちずに思いつめまして、いや、ありがとう、よくいってくれた、あの人が後家《ごけ》をとおすなら私もやもめをとおしたいのが実はほんしんだったのだ、ただそなたまでも尼《あま》も同様にさせてしまってはきのどくと思うばかりにさっきのようにいったのだけれどもその神のようなこころ

しょうとく　生得。生まれつき身についている。

を聞いては礼をのべることばもない、そなたがそれほどの決心ならわたしとてなんのいぞんがあろう、無慈悲《むじひ》のようだが正直のところはその方がわたしも嬉《うれ》しいのだ、あたりまえならそう願いますといえた義理ではないけれども何もいわずにせっかくの親切にすがらせてもらいましょうとお静《しず》の手をとっておしいただいてとうとうその晩はまんじりともせずに語りあかしたのでございました。

でございますから父とおしずとはけんか一つしたことのない睦《むつま》じい夫婦のようにに人目にはみえておりましたが実はふうふのまじわりをしなかったのでございまして二人がそんなやくそくまでしてぎりを立てていてくれるとはお遊《ゆう》さんも知らなんだのでございます。お遊さんは二人の仲のよい様子をみてやっぱりわたしのいう通りにしてよかったと親きょうだいにも自慢《じまん》してあるいてもうそれからは毎日のように両方からいったりきたりしまして芝居《しばい》へいくにも遊山《ゆさん》にいくにもかならず芹橋《せりはし》の夫婦がいっしょでございました。三人はよくさそい合って一晩どまりか二ばんどまりの旅に出たそうにございますがそういうおりにはお遊さんと夫婦とが一つざしきに枕《まくら》をならべてねむりましたのでそれがだんだんくせになりまして旅でないときでもお遊《ゆう》さんが夫婦を引きとめましたり夫婦の方へ引きとめられたりするようなことがございました。ちちがのちのちまでなつかしそうに話しましたのにはお遊さんはいつも寝《ね》るときにしずさん足をあたためておくれといってお静《しず》を自分の寝床《ねどこ》の中へひき入れるのでございまして、それはお遊さんが足が冷えてねむられないのにおしずはとくべつに体がぬくうございましたのでお遊さんのあしをあたためるのはお静の役ときまっていたのでございましたがお嫁《よめ》に行ってしまわれてからは静さんの代わりに女中にやらせているけれどもどうも静さんのようにはいかない、むかしから癖《くせ》がついているせいか炬燵《こたつ》や湯たんぽばかりではたよりないといいますとそんなえんりょをしてくれないでもようございます、むかしのようにしてあげるつもりで泊《と》まりに来ましたといってお静はいそいそとお遊さんの中へはいって行ってお遊さんが寝ついてしまうかもうよいというまで添《そ》い寝をするのでございます。そのほかお遊さんのお姫《ひめ》さまらしい話はいろいろきいておりますが身のまわりのせわをする女中が三四人はついておりまして手水《ちょうず》をつかうにも一人が柄杓《ひしゃく》で水をかけると一人が手拭《てぬぐ》いを持って待っている、お遊さんは水にぬれた両方の手をそのままさし出しさえすれば手ぬぐいを持っている方の女がきれいにふいてあげるというふうで足袋《たび》一つはくのにも風呂場《ふろば》でからだを洗うのにもほとんど自分の手というものは使わないのでござりました。さあ、それが、そのころのこととしましても町人の生まれとしてぜいたくすぎるようでござりますが粥川《かゆかわ》へ嫁入《よめい》りしますときにもこのむすめはこういうぐあいに育てたのだから今となってその習慣をあらためさせるわけにはいかない、それほどご執心《しゅうしん》ならばこれまで通りにさせてやってくださいますかと父親が念をおしましたくらいでご亭主《ていしゅ》や子供がありましても娘《むすめ》時代のおおどかな気風はいっこうかわりはなかったそうにござります。だからお遊さんのところへいくとまるでお局《つぼね》さまのお部屋《へや》へでも行ったような気がしたものだと父はよくそう申しました。ぜんたい父がそういう趣味《しゅみ》でござりましたからなおそうかんじたのでござりましょうがお遊さんの部屋の中にある調度類というものは、みな御殿風《ごてんふう》か有職模様《ゆうそくもよう》の品ばかりで手拭いかけからおまるのようなものにまで蠟塗《ろうぬ》りに蒔絵《まきえ》がしてあったと申します。そして次の間との襖《ふすま》ざかいに衝立《ついたて》がわりの衣桁《いこう》がたててありま

お局さま
宮中で局(個室)を与《あた》えられていた女官。または、江戸《えど》時代、大奥で局を与えられていた奥女中。

有職模様
平安《へいあん》時代以来、公家《くげ》階級を中心とした世界で用いられてきた伝統的な文様のこと。

◇衣桁
着物などをかけておくための家具。

してそれへ日によっていろいろな小袖《こそで》がかけてある、お遊《ゆう》さんはその奥《おく》の方に上段の間こそありませぬけれども脇息《きょうそく》にもたれてすわっている、ひまなときには伏籠《ふせご》をおいて着物に伽羅《きゃら》をたきしめたり腰元《こしもと》たちと香《こう》を聴《き》いたり投扇《とうせん》興《きょう》をしたり碁盤《ごばん》をかこんだりしている、お遊さんのはあそびの中にも風流がなければあきませぬので、碁は上手ではなかったのでござりますが秋くさの時代蒔絵《じだいまきえ》のある盤が気に入っておりましてそれをやくにたてたいばかりに五もくならべなぞをしている、三度の食事には雛《ひな》道具のような膳《ぜん》にむかってぬりものの椀《わん》でご飯《はん》をたべる、のどがかわけば小間使いが天目台《てんもくだい》をすりあしでささげてまいりたばこがほしければ一ぷく一ぷくそばから長い煙管《きせる》につめて火をつけて出す、夜は光琳《こうりん》風の枕屏風《まくらびょうぶ》のかげでねむり寒いときは朝めをさますと座敷《ざしき》のなかへ油団《ゆとん》をしいてゆみずを幾度《いくど》にもはこばせて半挿《はんぞう》や盥《たらい》で顔をあらう。ばんじがそういうふうでござりますからどこへいくにもたいそうになりまして旅へ出ましたら女中がかならず一人はついてまいりましてあとはお静《しず》がなにやかやと世話をいたし父までが手つだいをして荷物をもつ役、着物をきせる役、あんまをする役とめいめいが一《ひと》役うけもってふじゆうなめ

投扇興
開いた扇を的に当て、その落とし方や扇の開き方などによって優劣《ゆうれつ》を競う遊戯《ゆうぎ》。

◇天目台
献茶《けんちゃ》するために天目茶碗をのせる台。天目茶碗は、浅く開いたすり鉢《ばち》状の茶碗。

光琳
（一六五八〜一七一六）尾《お》形《がた》光琳。江戸《えど》中期の画家、工芸家。京都《きょうと》の人。近世装飾《そうしょく》画の最高峰とされる。

油団
和紙を広く厚く

をさせないようにいたしました。さようでござります、子供はその時分おいおい乳《ち》ばなれておりましたしばあやもついておりましたのでめったにつれてあるくことなどはござりませなんだ。しかしあるとき吉野《よしの》へ花見にまいりましたせつに晩にやどやへつきましてからお遊さんが乳《ちち》が張ってきたといっておしずに乳をすわせたことがござりました。そのとき父が見ておりまして上手にすうといって笑いましたらわたしは姉さんの乳をすうのは馴《な》れています、姉さんは一《はじめ》さんを生んだときから子供にはばあやの乳があるので静さん吸っておくれといっておりおり私に乳をすわせていましたと申しますのでどんなあじがするといいましたら嬰児《ややこ》のときのことはおぼえていないけれどもいま飲んでみるとふしぎな甘《あま》いあじがします、あんさんも飲んでごらんといってちちくびからしたたりおちているのを茶碗《ちゃわん》で受けてさし出しますから父はちょっとなめてみてなるほどあまいねといって何げないていに取りつくろっていましたけれどもお静がなんの意味もなく飲ませたものとばかりには思われませなんだのでおのずと頬《ほお》があからんでまいりまして、その場にいづらくなりまして口の中が変だ変だといいながら廊下《ろうか》へ立っていきましたらお遊さ

貼《は》り合わせ、桐《きり》油をひいたもの。

半挿　洗面用具のひとつ。小さなたらいで、口や手を洗ったりする。

んはおもしろそうにころころわらうのでござりました。で、そんなことがござりましてからおしずは父が当惑《とうわく》したりうろたえたりするのを興がるようになりましたものかわざといろいろないたずらをいたしました。ひるまはとかく人目が多うござりまして三人ぎりになるような場合は始終はござりませなんだがたまにそういうことがござりますとふと席をはずして二人をながいあいださしむかいにしておきまして父がむずむずしだした時分にひょっこりもどってまいります。ならぶときにはいつでも父をとなりへすわらせます。そうかとおもうとかるた遊びや勝負ごとの時などはなるべく父がお遊《ゆう》さんの正面の敵になるようにいたします。お遊さんが帯をしめてほしいといえば男のちからでなければといって父にやらせあたらしい足袋《たび》をはかせるときはこはぜがかたいからといって父の手をかりそのつど父がはずかしがったりこまったりするのをながめているのでござりました。それは見たところ無邪気《むじゃき》ないたずらでござりまして皮肉やいじわるでないことはよくわかっておりましたけれどもひょっとするとおしずにしましたならばこういうふうにでもしたら二人のあいだのえんりょがとれるようになろう、そうするうちにはもののは

◇こはぜ　足袋などのあわせめの端《はし》につけてとめる、爪《つめ》型のもの。

ずみでお互《たが》いの胸のおもいがかよい心と心とが触《ふ》れあうおりもあるであろうという親切がこもっていたのかもしれませぬので何かおしずは二人のあいだにそういうはずみが起こりますのを、ふたりがひょんなまちがいでもしでかしますのを祈《いの》っているようにもみえたのでござります。

が、ふたりはそののちなにごともなく過ごしていたのでござりましたがある日おしずとお遊さんとのあいだに出来事があったらしいのでござります。父はそれを知らずにいましてお遊さんにあいましたら父を見るなり顔をそむけてなみだをかくしましたのでめったにないことでござりますから何かあったのかとおしずにききましたら姉さんはもう知っていますというのでござりました。それにしましても話さなければならないような羽目《はめ》になってわたしがしゃべってしまいましたというだけでどんないきがかりからそうなったのやら委《くわ》しいいきさつを申しませぬので父にもおしずのしたことは解《げ》せぬところがあったのでござります。たぶんおしずはもう打ちあけてもよい時機が来た、夫婦が夫婦でないことがわかったら姉も一往はふこころえをさとすであろうがいまとなってはとうわくしながらも妹たちのなさけにほだされてしまうであろうと看《み》てとりまして何かのおりにかおいろをうかがいながら話をそこへ持って行ったのではございますまいか。そういうふうにおしずはとかく粋《すい》をきかせて先ばしりをするくせがあるのでございまして元来が苦労性《くろうしょう》なのでございましょうか若い時分から取りもちの上手な老妓《ろうぎ》のようなところがあったのでございますが考えてみればお遊《ゆう》さんに身も心もささげるために生まれて来たような女でございましてわたしは姉さんの世話をやかせてもらうのがこの世の中でいちばんたのしい、どうしてそういう気になるのだか姉さんのかおを見ると自分のことなどはわすれてしまうというのでございました。何にいたせおせっかいといえばいえなくもございませぬがそれがみんな欲得をすてた姉おもいから出ていることがわかってみればお遊さんも父もありがたなみだにくれるよりほかはございませなんだ。お遊さんは初めはひじょうにびっくりしまして私はそんな罪をつくっていたとは知らなんだ、静《しず》さんたちにそんなにされては後生《ごしょう》がおそろしいといって身もだえして、でもそれならば取りかえしのつくことだからどうかこれからはほんとうの夫婦になるようにといいましたけれども何もこのことは姉さんに頼《たの》まれたわけではない、

粋をきかせて　気をきかせて。情愛に関する事柄などをものわかりよくさばくこと。

老妓　中年を過ぎた芸妓。

慎之助《しんのすけ》にしてもわたしにしても自分たちが好きでしていることだからこののちどうなるとも姉さんは気にかけないでください、ついこんなことをいいましたのが悪うございました、何も聞かなんだ前とおもってくださったらようございますといって取り合いませなんだのでそれからしばらくお遊さんは夫婦といきかよいすることをひかえる様子がみえましたのでございますが、三人の仲のよいことは親類じゅうに知れわたっておりましたから角《かど》のたつようなことはできませぬのでそうこうするうちにまた両方から近づいてしまいましてけっきょくお静のはからったことがあんじょう行ったのでございました。さようでございます、それはたしかに、お遊さんの心のおくへはいってみましたら自分で自分にゆいまわしていた埒《らち》が外れてしまったような気持ちのゆるみができまして妹の心中だてを憎《にく》もうとしても憎めなんだのでございましょう。それからのちのお遊さんはやはり持ちまえのおうような性質をあらわしてなにごとも妹夫婦のしてくれるようにされている、夫婦のはからいにうちまかしてこころづくしを知ってか知らずかそのままに受け入れるようなぐあいになっていきました。父がおゆうさんのことをお遊さまと呼ぶように

あんじょう　うまく。上手に。

なりましたのはそのころからでございましてはじめはお静《しず》とのあいだでお遊《ゆう》さんのうわさをしますときにもうあんさんはあの人のことを姉さんというのはおよしなさいと申しますのでさまをつけて呼びますのがいちばん人柄《ひとがら》にはまっているように思われてそう呼んだのでございましたがいつかそれが口ぐせになりましておゆうさんの前で出てしまいましたらその呼びかたが気に入って二人のときはそう呼ぶのがよいというのでございました。そしていいますのにはみんながわたしをたいせつにしてくれるのはありがたいが私はそれをあたりまえにおもうように育てられてきていることを承知でいてもらいたい、いつでも人がたいそうらしく扱《あつか》ってくれたら機嫌《きげん》がよいというのでございます。お遊さんのいかにも子供らしいわがままの例を申しましょうならあるとき父にもうよいというまで息をこらえていてほしいといって手を父の鼻のあなの前にかざすのでございました。ちちはいっしょけんめいにがまんをしておりましたけれどもようこらえなくなりまして少しいきを洩《も》らしましたらまだよいといわなんだのにとえらくむずかりだしましてそんならといって指でくちびるをとじ合わせたり、ちいさな紅《あか》い塩瀬《しおぜ》の袱紗《ふくさ》を二つにたたん

塩瀬　羽二重《はぶたえ》に似たしなやかさを持つ厚地の絹織物。

で両端《りようはし》を持ってぴったり口にふたをするのでござりましたがそういう時はいつもの童顔が幼稚園《ようちえん》の子供の顔のようにみえて二十を越《こ》した人のようにはおもえなんだと申します。またあるときはそう顔を見んとおいてほしい、両手をついて首をたれたままかしこまっていてほしいといいましたり、笑わんといてごらんといってあごの下や横腹をこそばゆがらせたり痛いということを口にしてはならぬといってここかしこを抓《つめ》りましたりそんないたずらをしますのがいたって好きなのでござりましてわたしはねむってもあんさんはねむったらあかん、ねむくなったらじっとわたしの寝顔《ねがお》をながめてしんぼうしているがよいといいながら自分はすやすやとまどろんでしまいますので父もうつらうつらしだしてついゆめごこちにさそい込《こ》まれておりましたらいつのまにやらめをさまして耳のあなへいきを吹き入れたりかんぜよりをこしらえて顔じゅうをこそぐったりしてむりにおこしてしまうのでござりました。父はお遊さんという人は生まれつき芝居《しばい》気がそなわっていた、自分でそうと気がつかないでこころに思うことやしぐさにあらわれることがおのずと芝居がかっていてそれがわざとらしくもいやみにもならずにお遊さんの人柄《ひとがら》に花や

かんぜより
細く切った和紙をよって、ひものようにしたもの。こより。

かさをそえ潤《うるお》いをつけていた、おしずとおゆうさんとの違《ちが》いは何よりもおしずにそういう芝居《しばい》気のないところにあったと申しますのでござりまして裲襠《うちかけ》を着て琴《こと》をひいたり小袖《こそで》幕のかげにすわって腰元《こしもと》に酌《しゃく》をさせながら塗《ぬ》りさかずきで酒をのむような芸当はお遊《ゆう》さんでなかったら板につかないのでござりました。

とにかく二人のあいだがらがそういうふうになりましたのは申すまでもなくおしずのきもいりがあったればこそでござりましてそれには粥川《かゆかわ》の家よりも芹橋《せりはし》の家の方がひとめがすくのうござりましたのでお遊さんのほうから夫婦のところへ出てくることが多かったのでござります。おしずはさまざまにちえをはたらかせまして女中をつれて旅に出るのは無駄《むだ》なついえではありませぬかわたしがいたら不自由なおもいはさせませぬからとお伊勢《いせ》さまだの琴《こん》平《ぴら》さまだのへ三人ぎりで出られるようにもいたしました。そして自分はじみづくりにして女中らしくこしらえたりしまして次の間にねどこをとらせるのでござります。もっともそのときの都合で三人のかんけいをとりかえまして言葉づかいなどもきをつけるのでござりましたが宿屋の首尾《しゅび》はおゆうさんと

小袖幕
花見の時などに、小袖を張り渡《わた》した綱《つな》にかけて、幕の代用としたもの。

父が夫婦になりましたらいちばんよいのでござりますけれどもお遊さんがおんなあるじのようなかたちになりがちでござりましたので父は家令《かれい》か執事《しつじ》かというふうにみせかけましたり御《ご》ひいきの芸人になりすましたりいたしまして旅へ出ましたらお遊さんは二人から御寮《ごりょ》んはんと呼ばれるのでござりました。そういうこともお遊さんにはたのしいあそびの一つなのでござりまして多くはたしなみませぬけれども夕御飯《ごはん》のときにすこしお酒がはいりましたらなかなかだいたんになりましてゆったりとしたおちつきを見せながらときどきここころと派手なわらいごえをたてるのでござります。しかし、わたくし、ここでおゆうさんのためにも父のためにもべんめいいたしておかなければなりませぬのはそこまでですすんできていながらどちらも最後のものまではゆるさなんだのでござりました。それもまあ、もうそうなったらそういうことがあってものうても同じことだと申せましょうしないにいたしましたところがなんのいいわけになりはいたしませせぬけれどもわたくしは父の申しますことを信じたいのでござります。父がおしずに申しましたのにはいまさらになってそなたにすむもすまないもないようなものだがたといまくらを並べてねて

家令　一家の管理、取り締《し》まりにあたる使用人。

も守るところだけは守っているということをおれは神仏《かみほとけ》にかけてちかう、それがそなたの本意ではないかもしれないがお遊さまもおれもそこまでそなたを踏《ふ》みつけにしては冥加《みょうが》のほどがおそろしいからまあ自分たちの気休めのためだというのでござりまして、いかさまそれもそうだったでござりましょうがまたまんいちにも子供ができたらばというしんぱいなぞが手つだっていたかと思われるのでござります。けれども貞操《ていそう》というものはひろくもせまくも取りようでござりますからそれならといってお遊《ゆう》さんがけがされておらなんだとは申せないかもしれませぬ。それについておもい出しますのは父は伽羅《きゃら》の香《こう》とお遊さんが自筆で書いた箱がきのある桐《きり》のはこにお遊さんの冬の小袖《こそで》ひとそろえを入れてたいせつに持っておりましてあるときわたくしにその箱のなかのしなじなを見せてくれたことがござりました。そのおり小そでのしたにたたんで入れてありました友禅《ゆうぜん》の長じゅばんをとり出しましてわたくしの前にさし出しながらこれはお遊さまが肌身《はだみ》につけていたものだがこのちりめんの重いことをごらんといいますので持ってみましたらなるほど今出来《いまでき》の品とはちがいそのころのちりめんでござりますからしぼが高く糸が太うござ

冥加　神や仏のめぐみ。

ちりめん　細かなしぼのある絹織物。

りまして鎖《くさり》のようにどっしりと目方がかかるのでござります。どうだ重いかと申しますからほんとうにおもいちりめんだといいましたら我《わ》が意をえたようにうなずきましてちりめんというものはしなしなしているばかりでなくこういうふうにしぼが高くもりあがっているところがねうちなのだ、このざんぐりしたしぼの上からおんなのからだに触《ふ》れるときに肌《はだ》のやわらかさがかえってかんじられるのだ、縮緬《ちりめん》の方も肌のやわらかい人に着てもらうほどしぼが粒《つぶ》だってきれいに見えるしさわり加減がここちよくなる、お遊さんという人は手足がきゃしゃにうまれついていたがこの重いちりめんを着るとひとしおきゃしゃなことがわかったといいまして今度は自分がそのじゅばんを両手で持ちあげてみて、あああのからだがよくこの目方に堪《た》えられたものだといいながらあだかもその人を抱《だ》きかかえてでもいるように頬《ほお》をすりよせるのでござりました。

　するとあなたがお父上にそのじゅばんを見せておもらいになった時はもうよほど成人しておられたのでしょうねとそのおとこのものがたりにそれまでだまって耳を傾《かたむ》けていたわたしがたずねた、そうでなければ少年のあたまでそういうことを理解されるのはむずかしかろうとおもいますが。いいえ、まだその時分ようよう十ぐらいだったのでございましてて父はわたくしを子供とみとめずにはなしたのでございます、さればそのときはもちろん理解いたしませなんだが言葉どおりに記憶《きおく》いたしておりましてふんべつがつきますにしたがってだんだんとその意味を解いてまいったのでございます。なるほど、ではうかがいますけれどもお遊《ゆう》さんとお父上とのかんけいがおっしゃるとおりであったとするとあなたは誰《だれ》の子なのです。ごもっともなおたずねでございます、それを申し上げませぬことにはこのはなしのけりがつきませぬからごめいわくでも今しばらくおききをねがいとうございますが父がお遊さんとそういうふうなふしぎな恋《こい》をつづけておりましたのはわりにみじかいとしつきのことでございましてお遊さんの二十四五さいからほんの三四年のあいだだったのでございます。そしてたしかお遊さんが二十七のとしに亡《な》くなった夫のわすれがたみの一《はじめ》という児《こ》が麻疹《はしか》から肺炎《はいえん》になりまして病死いたしましたのでこの子供の死にましたことがお遊さんの身のうえにも引いては父のいっしょうにもひびいてまいったのでございます。それはそのまえからお遊さんが妹夫婦とあまりいききをしすぎるということが小曾部《こそべ》の方はなんともいうものはござりませなんだが粥川《かゆかわ》家の方でしゅうとめや親類のあいだにぽつぽつうわさのたねになっておりましてお静《しず》さんの気が知れないというようなことを申す者が出てまいりました。じっさいまたおしずがそこをどんなにうまくこしらえましたにいたしましても長い月日のうちにはしぜんうたがいの眼《め》があつまってまいりますはずで芹橋《せりはし》の嫁《よめ》は貞女《ていじょ》が過ぎる、姉孝行にもほどがあるというかげぐちがやかましくなってまいりますにつけても三人のほんとうの胸のうちをさっしておりました叔母《おば》だけがひとりしんぱいしておったのでござります。しかし粥川家の方でもさいしょは噂《うわさ》をとりあげもいたしませなんだが一が亡くなりましたときに母親の注意が足らなんだという批難がおこってまいりましたのはそれはもうなんといわれましてもお遊さんのおちどなのでござりまして子供をいつくしむこころがうすらいでいたわけでもござりますまいけれども日ごろからばあやまかせにするくせがついておりましたので看病のあいまに半日ほどの暇《ひま》をぬすんでぬけて出ましたらそのあいだにきゅうに様子がかわりまして肺炎になったのだそうにござります。で、子供というものがあればこそたいせつな人でござりますが子供が死んでしまいましたらちかごろよくない評判もあるしまだうばざくらというにさえ若すぎるとしだしかたがたこれはややこしいことがおこらぬうちに里へかえってもらった方がというような話になりまして引き取るとか引き取らぬとかいろいろとまたこみ入ったかけ合いがござりましたすえに誰《だれ》にもきずがつかぬようにえんまんに離籍《りせき》の件がまとまったのでござりました。そういうわけでお遊《ゆう》さんは実家へもどってまいりましたが小曾部《こそべ》のいえは当時兄さんがそうぞくいたしておりましたのであれほど親たちが可愛《かわい》がっていた人のことでござりますし粥川《かゆかわ》家の仕打ちがあんまりだからというつらあての気味もござりましてそりゃくにはあつかいませなんだけれどもそこは親たちがおりましたときのようにはまいりませぬから何かにつけてえんりょがあったことでござりましょう。それに、小曾部のいえがきゅうくつでしたらわたしのうちへきていらっしゃいとお静《しず》がすすめましたけれどもそういうことをいいふらすものがあるあいだは慎《つつ》しんだ方がよいからとそれは兄がとめました。おしずの説では兄は事によるとほんとうのことを知っていたのではないかと申すのでござりましてあるいはそうらしくもおもわれますのはそれから一年ほどたちまして再縁《さいえん》をすすめたのでござりました。相手は宮津《みやづ》という伏見《ふしみ》の造り酒屋の主人でだいぶんとしうえでござりましたが粥川の家に出入りをいたしておりましたのでお遊さんという人の派手なきだてをむかしから知っておりまして、こんどつれあいに死なれましたについてぜひにというのでござりました。なんでもお遊さんが来てくれたら伏見の店《たな》などへはおいておかない、巨椋《おぐら》の池に別荘《べっそう》があるのを建て増してお遊さんの気に入るような数寄屋普請《すきやぶしん》をして住まわせる、それはそれはていちょうにして粥川にいたときよりももっと大名式に暮らせるようにしてあげるとけっこうずくめの話でござりましたので兄はのりきになりましてやっぱりそなたには福運がついてまわっている、そういうところへよめに行ってとかくの取りさたをするやつらをみかえしてやったらよいではないかとときつけるのでござりました。それればかりでなく父やおしずをよびまして世間のうわさを打ちけすためにもここは二人から上手に持ちかけてとくしんさせてもらいたいとのっぴきならぬようにいうのでござります。ちちがこのときにもしどこまでも恋《こい》をつらぬくけっしんでござりま

数寄屋普請　茶室風に造られた建物。

したら心中《しんじゅう》いたしますよりほかはござりませなんだ。まったくのところそういうけっしんをいたしましたことも一度や二度ではなかったそうにござりますがそれが実行できずにしまいましたのはおしずというものがありましたからでござります。つまり、父の腹のなかを申しましたらおしずをおいてまいりますのは義理がわるうござりますしそうかといって三人で死にますのはいやだったのでござります。おしずもそれを何よりもおそれていたらしゅうござりましてきっと一緒《いっしょ》につれて行ってくださりませ、いまになって除《の》けものにされたらなんぼうくやしいかわかりませぬといってあとにも先にもおしずがやきもちがましいことを申しましたのはこのときだけだそうにござります。なおもう一つそれにもまして父のけっしんをにぶらせたのはお遊《ゆう》さんをいたわる気もちでござりました。お遊さんのような人はいつまでもういういしくあどけなく大勢の腰元《こしもと》たちをはべらせてえいようえいがをしてくらすのがいちばん似つかわしくもありまたそれができる人でもあるのにそういう人を死なせてしまうのはいたいたしいというかんがえ、これがなによりもつよくはたらいたのだと申します。父はそのきもちを打ちあけましてあなたはわたしの道づれにするにはもったいない人だ、普通《ふつう》のおんななら恋に死ぬのがあたりまえかもしれないがあなたという人にはありあまる福があり徳がある、その福や徳をすてたらあなたのねうちはないようになります、だからあなたはその巨椋《おぐら》の池の御殿《ごてん》とやらへ行ってきらびやかな襖《ふすま》や屏風《びょうぶ》のおくふかいあたりに住んでください、あなたがそうしてくらしていらっしゃるとおもえばわたしはいっしょに死ぬよりもたのしいのです、こういったからとてよもやあなたは私がこころがわりしたの死ぬのがこわくなったからだのというようなふうには取らないでしょう、そんなせせこましいりょうけんが薬にしたくもない人だから私も安心していえるのです、あなたは私のような者を笑ってすててしまうほど鷹揚《おうよう》にうまれついた人ですとそういったのでござりました。そうしたらお遊さんは父のことばをだまってきいておりましてぽたりと一《ひと》しずくの涙《なみだ》をおとしましたけれどもすぐ晴れやかな顔をあげてそれもそうだとおもいますからあんさんのいう通りにしましょうといいましたきりべつに悪びれた様子もなければわざとらしい言いわけなどもいたしませなんだ。父はそのときほどお遊さんが大きく品よくみえたことはなかったと申すのでござります。

そんなしだいでお遊《ゆう》さんはまもなく伏見《ふしみ》へさいえんいたしましたが宮津《みやづ》の主人と申しますのはなかなかよくあそぶ男だったそうにござりましてもともと物好きでもらった嫁《よめ》でござりましたからじきに飽《あ》きてしまいましてのちにはめったにお遊さんの別荘《べっそう》へよりつかなんだと申すことでござります。しかしそれでもあの女は床《とこ》の間《ま》の置き物のようにしてかざっておくにかぎるといいまして金にあかしたくらしをさせておきましたのでお遊さんは相変わらず田舎源氏《いなかげんじ》の絵にあるような世界のなかにいたわけでござりますが大阪《おおさか》の小曾《こそ》部《べ》の家とわたくしの父の家とはその時分からだんだんびろくいたしまして前にも申しましたように母が亡《な》くなります前後にはわたくしどもはろうじのおくの長屋にすむようなおちぶれかたをしておりました。さようさよう、その母と申しますのはおしずのことでござりましてわたくしはおしずの生んだ子なのでござります。父はお遊さんとそんなふうにして別れましてからながいあいだの苦労をおもいまたその人の妹だというところにいいしれぬあわれをもよおしましておしずとちぎりをむすびましたのでござります。と、そう

田舎源氏　柳亭種彦《りゅうていたねひこ》（一七八三～一八四二）の書いた合巻で、『偐《にせ》紫《むらさき》田舎源氏《いなかげんじ》』（一八二九～四二）のこと。

びろく　微禄。落ちぶれること。

いってそのおとこはしゃべりくたびれたように言葉をとぎって腰《こし》のあいだから煙草《たばこ》入れを出したので、いやおもしろいはなしをきかせていただいてありがとうぞんじます、それであなたが少年のころお父上につれられて巨椋《おぐら》の池の別荘のまえをさまよってあるかれたわけは合点《がてん》がゆきました、ですがあなたはそののちも毎年あそこへ月見に行かれるとおっしゃったようでしたね、さようげんに今夜も行く途中だと言われたようにおぼえていますがというと、さようでございます、今夜もこれから出かけるところでございます、いまでも十五夜の晩にその別荘のうらの方へまいりまして生垣《いけがき》のあいだからのぞいてみますとお遊さんが琴《こと》をひいて腰元《こしもと》に舞《ま》いをまわせているのでございますというのである。わたしはおかしなことをいうとおもってでももうお遊さんは八十ぢかいとしよりではないでしょうかとたずねたのであるがただそよそよと風が草の葉をわたるばかりで汀《みぎわ》にいちめんに生えていたあしも見えずそのおとこの影《かげ》もいつのまにか月のひかりに溶《と》け入るようにきえてしまった。

解説

宮《みや》内《うち》淳《じゅん》子《こ》

文体について

谷崎潤一郎は、一九一〇（明治四十三）年に『刺青《しせい》』という短編で注目を集めてから、一九六五（昭和四十）年に没《ぼっ》するまで、近代文学を代表する数々の名作を発表した作家である。『春琴抄《しゅんきんしょう》』『蘆刈《あしかり》』は、その長い作家活動のうち中期にあたるころに書かれた。それまでの谷崎は西洋の文化に心酔《しんすい》していたが、中期は一転して日本の伝統文化に眼《め》を向け、古典芸能や古典文学から素材や文体を取り入れて創作を行ったので、谷崎の古典回帰時代と呼ばれている。

『春琴抄』『蘆刈』の文体は、改行がほとんどなく、句読点も、地の文と会話の間の括弧《かっこ》も、かなり省かれている。現代の読者はこれを読みにくいと感ずるだろうが、このような文体は、当時としても異例であった。『刺青』は、これより四半世紀前に書かれているが、もっと平易な文体である。谷崎は古典回帰時代に、日本の物語文学の語りの特徴《とくちょう》をとらえて、独自の文体を作ったのである。

ただし、この文庫では、現代の読者が読みやすいようにとの配慮《はいりょ》から、「付記」に記したように、古典からの引用部分以外を現代仮名遣《づか》いにしたり、段落の冒頭を一字下げたりといった変更を行っている。そのため、谷崎が練りあげた文体とは少々違《ちが》うものになってしまった。改めて、全集や初版本でもとの文体を見ていただければ幸いである。

もとのかたちにこだわるのは、この文体と小説の内容とに、密接なつながりがあるからである。『春琴抄』では語り手がまず登場し、佐助《さすけ》が残した「鵙屋春琴伝《もずやしゅんきんでん》」をもとに話を始めるのだが、最後の方になると、どこからが語り手の考えで、どこからが佐助の思いなのか、わからなくなる。『蘆刈』も、まず話を始める語り手の男と、ゆきずりに出会って身の上話を始める男、更《さら》には、その男の父親との境界が次第《しだい》に見えにくくなってゆく。また『蘆刈』では、多くの古典の引用があり、発表時のかたちはすべて歴史的仮名遣いであったから、古典の引用部分とその他の文とが、ときとして溶《と》け合うように見える。こうして次第に読者は、語り手がいる実在の場所から別の時空に運ばれてゆき、視力を失う前に佐助が見た「円満微妙《みみょう》な色白の顔が鈍《にぶ》い明かりの圏《けん》の中に来迎仏《らいごうぶつ》のごとくうかんだ」という春琴の像、また「古い泉蔵《いずくら》人形の顔をながめておりますときに浮《う》かんでまいりますような、晴れやかでありながら古典のにおいのするかんじ」を持つお遊《ゆう》さまの像を共有することができる。

ではなぜ、このような手続きをしないと、春琴の、またお遊さまの像は守られないのであろうか。それについて述べる前に、谷崎の生涯《しょうがい》の仕事を簡単に見ておこう。その後で、『春琴抄』『蘆刈』

を書いた古典回帰時代の特質について考えてみたい。

谷崎潤一郎の仕事

谷崎潤一郎は、一八八六（明治十九）年、東京の日本橋に生まれた。彼《かれ》が幼いころの谷崎家は比《ひ》較《かく》的裕福《ゆうふく》だったが、府立第一中学校（現、日比谷《ひびや》高校）に進むころから父の商売が傾《かたむ》き、東京帝国大学（現、東京大学）へ進学するまで苦学が続いた。それだけ、よく通った歌舞伎《かぶき》の舞台や、娘《むすめ》時代には「美人絵双紙《えぞうし》」に載《の》ったという美しかった母のことなど、幼少期の思い出が美化されていった。そこに、学生時代に知ったヨーロッパ文学の影響《えいきょう》が加わって、谷崎の耽美《たんび》的傾向《けいこう》が形成されたのである。

谷崎は、大学在学中に発表した短編『刺青』により若くして文壇《ぶんだん》に登場し、華々《はなばな》しい活躍《かつやく》を始めた。このころ、文壇は、変化のあるストーリーを嫌《きら》い、人生の暗い面を見つめる自然主義が主流だったため、谷崎はよけい鮮烈《せんれつ》な印象を人々にもたらした。『刺青』は、江戸《えど》を舞台《ぶたい》とし、刺青師《いれずみし》が自分の希望どおりの娘を探しあて、その娘の背中に女郎蜘蛛《じょろうぐも》の刺青をするという話である。ふつうに考えれば、娘を薬で眠《ねむ》らせて勝手に刺青をするなど許されない行為《こうい》だし、そうされた娘がかえって美しくなった自分に満足するなどありえない結末だが、世俗《せぞく》的な判断を持ち込《こ》ませない引き締《し》まった文体で、読者はクライマックスまで一気に連れてゆかれる。谷崎はその後も、世間の常識に反する行為に美を見いだす芸術家を好んで主人公とし、悪魔《あくま》主義の作家と言われた。また、それが谷崎その人の人格であるかのようにふるまった時期もあった。しかし、年齢《ねんれい》を重ねて行くと、『刺青』のころのように一直線には進んでゆけなくなった。

そんな谷崎に大きな転機をもたらしたのが、一九二三（大正十二）年の関西移住である。関東大《だい》震災《しんさい》後の混乱を避《さ》けて関西に移ってみると、彼《かれ》が生まれ育った東京下町に似た古い町並が残っていること、古典文学ゆかりの地があちこちにあることのほか、関西のことばの魅力《みりょく》や、食事の美味なことなどに、たちまち魅せられてしまった。一九三五（昭和十）年に入籍《にゅうせき》することとなる松子夫人と、この地で出会ったのも大きい。大阪の富裕《ふゆう》な家に育ち豪商《ごうしょう》に嫁《とつ》いでいた根津松子《ねづまつこ》は、気品のある美貌《びぼう》の女性であった。春琴とお遊さまのイメージは、ともに彼女《かのじょ》から生まれたものとされる。

それまで西洋崇拝《すうはい》者だといってはばからなかった彼が、一九三三年に発表した『陰翳礼讃《いんえいらいさん》』では日本文化を論じて独自の視点を見せ、翌年の『文章読本』では日本語の特質を活《い》かした文章について論じた。また、『潤一郎訳源氏《げんじ》物語』全二十六巻（中央公論社）が一九三九年一月から刊行開始となり、一九四一年七月に完結した。この仕事は『源氏物語』を改めて世に伝える業績であり、谷崎自身、この古典と長く向き合うことにより、小説家としての力量を増す結果となった。長編『細雪《ささめゆき》』は、その上に成った名作である。

谷崎が、別邸《べってい》のあった熱海《あたみ》市に転居し、関西の地を離《はな》れたのは一九五四（昭和二十九）年のことであった。戦後は、老人の性を『鍵《かぎ》』、『瘋癲《ふうてん》老人日記』に描《えが》いて終生枯《か》れることのない創作力を見せ、七十九歳《さい》で没するまで第一線で活躍した。

『春琴抄』について

『春琴抄』は、これまで若手のスターを起用して何度も映画化されてきた。それらは、たいてい、佐助が自らの眼《め》を突《つ》いてまで春琴に献身《けんしん》する純愛物語と解釈《かいしゃく》されている。しかし映画では、当然ながら、佐助と春琴という二人の人物が等身大で相対することになるわけで、これでは『春琴抄』本来の世界とは別ものになってしまう。そもそも『春琴抄』には、春琴の心理を直接に描写《びょうしゃ》した箇所《かしょ》はない。『春琴抄』は、「現実に眼を閉じ永劫《えいごう》不変の観念境へ飛躍《ひやく》した」後の佐助の語りから生まれた「鵙屋春琴伝」を軸《じく》に、別のルートから届いた情報も織り込《こ》みつつ、基本的には佐助の思いに添《そ》った「私」の語りによってできている。そのことを、まず確認しておきたい。

先に古典回帰時代の特質について触《ふ》れたが、谷崎という小説家が抱《いだ》く、自分の思うままの美女を出現させたいという欲望に関しては、『刺青』のころからまったく変わっていない。ただ、かつては反道徳を掲《かか》げる挑戦《ちょうせん》的態度であったものが、あたかもその欲望が日本の伝統文化になじむものであるかのように語るようになった。そこに大きな違《ちが》いがある。

佐助は、悪の芸術家どころか、忠実な奉公《ほうこう》人であり、反社会的な行為をする訳ではない。むしろ、じれったいくらい旧弊《きゅうへい》な態度を貫《つらぬ》いて、果ては春琴のために、として自らの眼を突くのである。しかし、それを自己犠牲《ぎせい》と呼ぶにはあたらない。春琴が驕慢《きょうまん》で我儘《わがまま》であるのは、佐助にとって望むところなので、そういう関係を続けるためなら佐助は何でもするのだ。晩年には、普通《ふつう》の夫婦になりたいという春琴の意向を無視したことさえあったではないか。「めしいの佐助は現実に眼《め》を閉じ永《えい》劫《ごう》不変の観念境へ飛躍《ひやく》したのである彼《かれ》の視野には過去の記憶《きおく》の世界だけがあるもし春琴が災禍《さいか》のため性格を変えてしまったとしたらそういう人間はもう春琴ではない」「佐助は現実の春琴をもって観念の春琴を喚《よ》び起こす媒介《ばいかい》としたのである」と、はっきり書いてあるように、現実の春琴は一個の人格としては認められておらず、ただの「媒介」である。佐助にとって大切なのは、彼の観念の世界に生きる春琴なのであり、佐助の献身、自己犠牲《ぎせい》と見えるものは、その像を維持するため、何より彼自身が欲した行為であった。佐助こそが、夢の主催《しゅさい》者なのである。だから春琴がひとりの役者により独立した人格として演じられる映画の世界は、当然ながら、小説『春琴抄』とは別のものになってしまう。

決して一般的とはいえない佐助の嗜好《しこう》を、押《お》しつけがましいものと感じさせることなく読ませてゆくのは、隅々《すみずみ》まで作者の思惑《おもわく》を行き渡《わた》らせた文章の力によるところが大きい。冒頭《ぼうとう》で述べたような文体により、読者は語り手のいる現在から、佐助の「観念境」へと知らぬうちに移行させせられてしまう。谷崎は、日本の物語文学のスタイルを近代小説に取り入れることで、そうしたことを可能にしたのである。

『蘆刈』、その他

『春琴抄』で「鵙屋春琴伝」が果たしていた役割を、『蘆刈』では古典文学の引用部分が担《にな》っている。ここでもそれにより読者は、たえず変化の波にさらされている現実を離《はな》れ、永遠の女性が現れる特別な時空に連れてゆかれる。

『大鏡《おおかがみ》』『増鏡《ますかがみ》』はそれぞれ中古と中世に成立した歴史物語、『江口』『小督《こごう》』は謡曲《ようきょく》、『修紫田舎《にせむらさきいなか》源氏《げんじ》』は江戸時代の合巻本、また『琵琶行《びわこう》』『赤壁の賦《せきへきのふ》』は中国の古典文学といったように、ここにかかわる古典は多岐《たき》にわたっている。『遊女記』『見遊女序《ゆうじょをみるのじょ》』など、平安朝の遊女のことを述べた文献については、おそらく中山太郎『売笑三千年史』（春陽堂、昭和二年）から学び取ったものと考えられる。『蘆刈』では、大江以言《おおえのゆきとき》『見遊女序』を大江匡衡《おおえのまさひら》作と誤記しており、中山の本にも同じ誤りがある。

多くの引用の中でも、とりわけ重いのは、この小説の冒頭に置かれた和歌で、小説の題名ともなっている、「君なくてあしかりけりと思ふにもいと、難波《なには》のうらはすみうき」であろう。これは『拾遺《しゅうい》和歌集』に収められた壬生忠見《みぶのただみ》の和歌であるが、『大和《やまと》物語』百四十八段をはじめとして歌物語に取り入れられて流布《るふ》している。それらの物語は、ひとくくりにして蘆刈説話と呼ばれる。『大和物語』の話を例にあげてみよう。貧しさゆえに別れた夫婦がのちに偶然《ぐうぜん》再会したとき、男はなお貧しくなって難波《なにわ》の浦《うら》に住み、女は高貴な人の妻となっていた。男は恥《は》じて身を隠《かく》し、彼を探す女にあてて「君なくて」の歌を送った。その意は、「あなたがいなくなってから、蘆刈をして日を送っていたと思うにつけ、いよいよ難波《なにわ》の浦《うら》に住むのがつらいことです」といったもので、「あしかり」には、「蘆刈り」と「悪《あ》しかり」が掛《か》けてある。刈った蘆を売って身すぎをするのは、貧しい者のすることであった。これは、零落《れいらく》した慎之助《しんのすけ》が巨椋《おぐら》の池の別荘へお遊さまを見に行くすがたに重なる。謡曲《ようきょく》『蘆刈』も蘆刈説話をもとにしているが、これは男女が一緒になって難波をあとにするという幸福な結末を迎えている。能とのかかわりでいえば、谷崎の描《えが》く『蘆刈』の末尾で、身の上話をしていた男がいつのまにか消えてしまうところなど、夢幻《むげん》能に通じるものがある。こうして古典と二重写しにされたことで、実在する場所が日常の時空を離《はな》れるのである。

『春琴抄』も『蘆刈』も、現代の読者には取り付きにくい文体であろうと冒頭に述べたが、考えてみれば、近代の小説が使ってきた、事実をすべて了解できたものとして伝える第三人称《しょう》の客観描写《びょうしゃ》というものが、実はあやしいものなのである。客観描写は確かに、一見わかりやすい。しかし、人間はそれぞれが、自分というものを通してものごとを了解するしかないもので、同じものを同時に見ても、人によって違《ちが》う受け取り方をする可能性は充分ある。自分の見方、考え方を交換しあったり、教え合ったりはすることはできても、すべての人々と共有し得る絶対の視点などというものは、現実には、ありえない。小説においても、自分の欲望をそのままに、しかも、永遠に色褪《あ》せぬ普遍《ふへん》的な価値のあるものとして人々に伝えるのは、実は至難のわざなのであった。古典回帰の時代に谷崎はそうしたことを考え抜《ぬ》いて、小説を書いた。

父親とお遊さまの話を語った男は、お遊さまの子か、お静の子か、といった議論がかつてあった。『春琴抄』でも、春琴に火傷《やけど》を負わせた犯人は誰《だれ》か、といった真相探しが話題となったこともあるが、誰もが納得できる真相があると考えること自体、これらの小説世界にそぐわない。この文体において、真相探しははじめから無効である。描かれているのは客観的世界ではなく、男たちの強い願望なくしては存在しないものである。彼らの主観と、描かれる対象は、もつれあって切り離せない。文章を通して、ただ、夢のように、美女の面影《おもかげ》が、「来迎仏《らいごうぶつ》のごとく」(『春琴抄』)、「古典のにおいのするかんじ」(『蘆刈』)をもって浮《う》かんでくれば充分なのである。

自分の個性を十全に活《い》かすという近代人の信念を、谷崎は従来《じゅうらい》の近代小説の方法を疑い、日本の古典文学の特質をとらえることで可能にした。『春琴抄』や『蘆刈』はそうして生まれた、古風に見えて、きわめて実験的な小説といえよう。

谷崎潤一郎　略年譜

西暦	年号	齢	文学活動	生活	社会の動き
一八八六	明治19			7月24日、東京市日本橋区蠣殻町に生まれる	
一九〇一	34	15	「学友会雑誌」に執筆	4東京府立第一中学校に入学	
一九〇五	38	19	文芸部委員として活躍	9第一高等学校英法科に入学	9日露戦争終わる
一九〇八	41	22		9東京帝国大学国文科に入学	12「パンの会」創立
一九一〇	43	24	11「新思潮」に『刺青』発表		6大逆事件
一九一一	44	25	12『刺青』刊	7学費未納で大学を退学処分	9「青鞜」創刊
一九一五	大正4	29	6『お艶殺し』刊	5石川千代と結婚	
一九一六	5	30	9『鬼の面』刊	3長女鮎子誕生	7外国映画日本進出
一九一八	7	32	10『金と銀』刊	10～12中国を旅する	11第一次大戦終わる
一九二〇	9	34	2『恐怖時代』刊	5大正活映に入り映画製作に関る	5日本初のメーデー
一九二三	12	37	7『潤一郎戯曲傑作集』刊	9関東大震災にあい関西に移住	9関東大震災
一九二五	14	39	7『痴人の愛』刊		3治安維持法成立
一九二七	昭和2	41	芥川と「小説の筋」論争	3根津松子と知り合う	3金融恐慌始まる
一九二八	3	42	12『蓼喰う虫』連載開始	秋、兵庫県武庫郡岡本に豪邸新築	
一九三〇	5	44	3『乱菊物語』連載開始	8千代と離婚。千代は佐藤春夫と再婚し、三人連名の挨拶状を送る	10特急燕号運転開始、東京神戸間九時間に
一九三一	6	45	4『卍』刊	4古川丁未子と結婚	9満州事変
一九三二	7	46	2『盲目物語』刊　11・12『蘆刈』を「改造」に発表	3武庫郡魚崎町横屋に転居。根津松子と隣り合わせの家を借りた	1上海事変　5五・一五事件

一九三三	昭和8	47	12『春琴抄』刊	5丁未子と離婚	3日本が国際連盟脱退
一九三四	9	48	11『文章読本』刊	3根津松子と同棲	3文芸懇話会結成
一九三五	10	49	9『源氏物語』現代語訳の筆を執りはじめる	1松子と結婚	9芥川賞・直木賞が創設される
一九三六	11	50	1・7『猫と庄造と二人のをんな』を「改造」に発表	11武庫郡住吉村反高林に転居。『細雪』の舞台となった家である	2二・二六事件
一九三九	14	53	1『潤一郎訳源氏物語』(全二十六巻)刊行開始	4長女鮎子、佐藤春夫の甥である竹田龍児と結婚	9第二次世界大戦が始まる
一九四三	18	57	6『細雪』掲載中断 時局にあわないとされたため	10武庫郡魚崎町に転居	10学徒出陣
一九四四	19	58	7私家版『細雪』上巻刊	4熱海市西山に疎開	11B29、東京爆撃開始
一九四五	20	59		5岡山県津山市に疎開	8月15日終戦
一九四六	21	60	6『細雪』上巻刊	11京都市左京区南禅寺に転居	5東京裁判開廷
一九四七	22	61	2『細雪』中巻刊	9松子の長女恵美子を養女にする	5日本国憲法施行
一九四八	23	62	12『細雪』下巻刊		
一九五〇	25	64	8『少将滋幹の母』刊	2熱海市仲田に別邸を求める	6朝鮮戦争勃発
一九五一	26	65	5『潤一郎新訳源氏物語』(全十二巻)刊行開始	5松子の長男清治が松子の妹重子の養嗣子となり高折千萬子と結婚	9日米安保条約調印
一九五四	29	68		4熱海市伊豆山鳴沢に転居	
一九五六	31	70	1『鍵』連載開始	5『鍵』の性描写が問題とされる	
一九六〇	35	74	2『夢の浮橋』刊	10狭心症のため入院	5新安保条約採決
一九六二	37	76	5『瘋癲老人日記』刊		
一九六三	38	77	4『台所太平記』刊		11サド裁判有罪判決
一九六五	40	79		7月30日、心不全にて死去	2米軍機、北爆開始

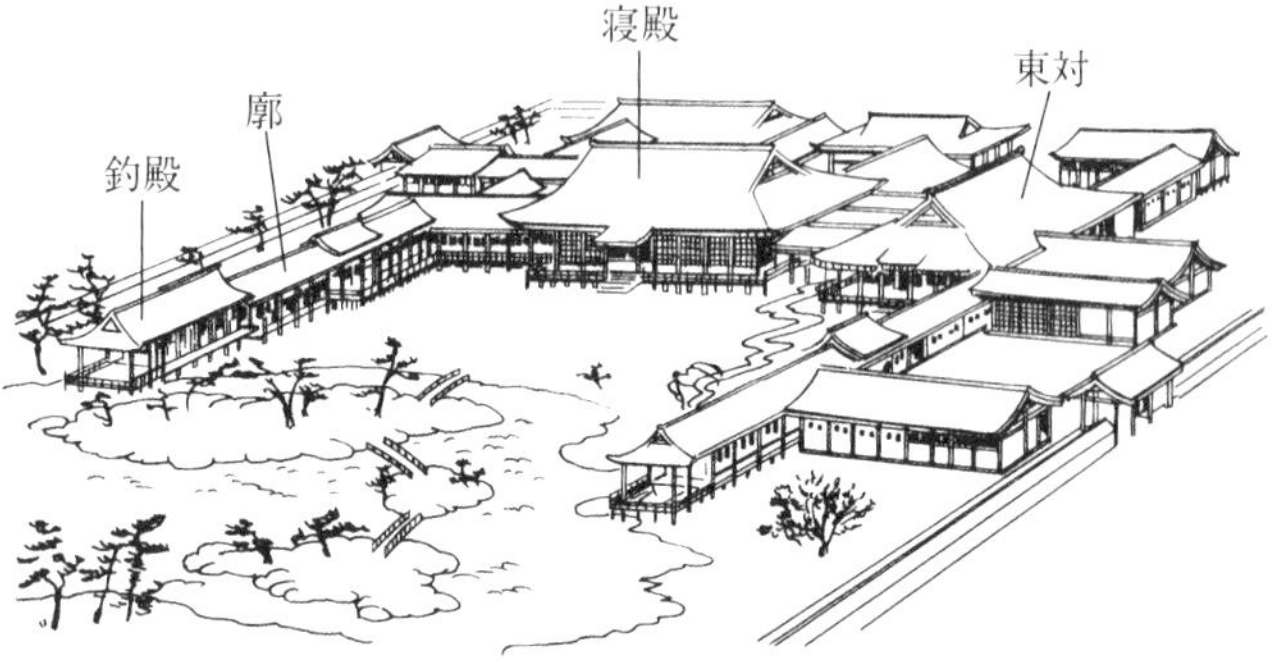

P112　釣殿

P163　衣桁

P72　太棹

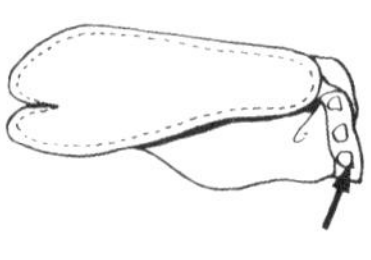

P166　こはぜ

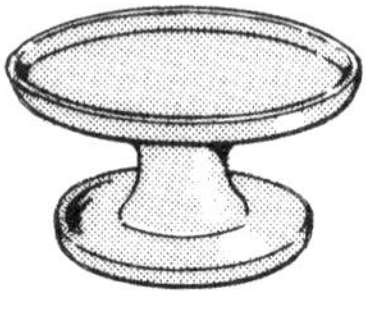

P164　天目台

エッセイ

畏《おそ》ろしい物語『春琴抄』

四《よ》方《も》田《た》犬《いぬ》彦《ひこ》
（明治学院大学教授）

盲目《もうもく》になるということは、いったい何を意味しているのだろうか。古代のヨーロッパでは、それは懲罰《ちょうばつ》と神秘化という、二つの側面をもっていた。

たとえばギリシャ神話に登場するオイディプス王は、父親を殺し、母親と交わったという、人間がけっして犯《おか》してはならない罪を犯したかどで、みずからの両眼《りょうめ》を潰《つぶ》し、乞食《こじき》として諸国をさまよわなければならなかった。その彼《かれ》に恐《おそ》ろしい予言を告げたティレシアスもまた盲人《もうじん》であった。彼は女神ヘラを怒《おこ》らせてしまったがゆえに、視力を取り上げられてしまったのである。盲目とはそのように、罰《ばつ》として与えられる、否定的なものであった。だが同時にそれは、過去の物語を自在に語ったり、未来を予言したりするといった、肯定《こうてい》的な側面ももっていた。先のティレシアスは、盲人となったがために未来を見通す力を与《あた》えられたし、ヨーロッパ文学の祖だといわれるホメロスもまた盲人であったと伝えられる。彼は伝説上の人物ではあるが、ギリシャでかつて英雄たちが行った戦争の記録を長大な叙事《じょじ》詩に仕立てあげた。こうして盲人たちは、常人とは違《ちが》う超《ちょう》自然的な能力をもった存在として、崇《あが》められることとなった。

一方に罰《ばつ》として与《あた》えられた盲目《もうもく》があり、もう一方に神秘的なものとして崇拝《すうはい》されてきた盲目がある。ヨーロッパの神話や文学に登場する盲人とは、おおむねこの二つのタイプに倣《なら》っているように思われる。

日本ではどうだろうか。

日本では懲罰《ちょうばつ》としての盲目ということは、文学の主題としてなかなか発展しなかった。そのかわりに、美と愛のための盲目という、独自の美学が現れることになった。谷崎潤一郎の『春琴抄』はその優《すぐ》れた典型であると、わたしは思う。

これは恐ろしい物語である。いや、神秘的というニュアンスをこめて、「畏《おそ》ろしい」と書くべきかもしれない。幼いころに視力を喪《うしな》った美しい少女が、音楽の分野で天才的な腕前《うでまえ》を示す。彼女《かのじょ》の面《めん》倒《どう》を見ている従者の少年は、少女を深く崇拝し、みずからも音楽の道を志す。二人は愛しあうが、主人と従者という間柄《あいだがら》にはどこまでも変わりがない。あるとき破局が生じて、彼女は容貌《ようぼう》の美しさを喪《うしな》ってしまう。そこで従者にむかって、自分の顔を見ないようにと命令する。従者はみずからの眼を潰《つぶ》して、それに応じ、ふたりがともに盲目となったことを天に感謝する。彼《かれ》らの愛情は、以前にもまして濃《こま》やかなものとなる。

わたしはこの小説を英語やフランス語の翻訳《ほんやく》で読んだ外国人を、何人か知っている。彼らのおおかたは、その内容に深い衝撃《しょうげき》を受けていた。だが、どうして従者の側がみずから眼を潰さなければならないのかが、どうしても理解できないと語った。盲目とはなにごとか罪が原因で与えられる人間の条件であるはずだという思いから、自由になることができないからである。だが、日本ではこの物語はきわめて親しまれていて、これまでいく度にもわたって映画化がなされている。それは、いうなれば「国民的」とも呼べるまでに親しまれている物語なのだ。この違《ちが》いとは、何だろうか。それを分析《ぶんせき》してみなければならない。

もし誰《だれ》かを深く愛するならば、その相手と同じ場所に立つために、相手と同じ苦しみを体験しなければならない。『春琴抄』に描《えが》かれている、みずからなった盲目の後ろ側に隠《かく》されているのは、そのような意思である。これはきわめて宗教的な情念であるということができる。イエス様が十字架《か》にかけられたさいに、両の掌《てのひら》に釘《くぎ》を打たれたのであるなら、自分もまた同じことをして、彼の苦しみを追体験しなければならない。こうした情念に駆《か》られた中世カトリックの修行僧《しゅぎょうそう》たちは、次々と自分の掌に釘を打ったり、あるいはそれができない場合には、跪《ひざまず》きながら寺院の石の階段を登ったものだった。苦痛が激しければ激しいほど、自分はイエス様に近付くことができるという気持ちだけが、彼らのうちにあった。

だが『春琴抄』には、それとともに、いや、それにもまして、盲目であることの幸福と悦《よろこ》びとが語られている。作者は佐助《さすけ》が決意して両眼を潰すさいに、けっして苦痛を感じなかったと書いているだけではない。むしろこの事件の後、彼《かれ》がより他の感覚を研《と》ぎ澄《す》ませ、音楽の道においてさらなる熟達を見たばかりか、日常の場において春琴といかに官能的な親密さを分かちあうことができたかということをめぐって、饒舌《じょうぜつ》を重ねている。それは先に述べた宗教的苦行を越《こ》えたところにある、エロティシズムと神秘主義の絡《から》まりあう領域のできごとである。谷崎潤一郎が求めていたのは、こうした快楽によって満たされた世界に他《ほか》ならなかった。

最後に残るのは、どうして物語のなかの男女は美しくなければならないのかという、普遍《ふへん》的な美学の問題である。それが語りものであれ、浄瑠璃芝居《じょうるりしばい》であれ、また近代小説であれ、およそ物語に登場する主人公は、つねにこの世のものとは思えない、超《ちょう》自然的な美しさに包まれていなければならなかった。『春琴抄』はこうした文学の約束ごとにかけて、きわめて複雑な仕掛《しか》けをいくつも設けている。物語のなかの主人公が美から追放されてしまったとしたら、いったいどのように物語を語り続けていけばよいのかという問題が、ここに差し出されている。美がはかないものであるとすれば、それを永遠に保つためには、未来を遮断《しゃだん》し、すべてを過去の思い出とするしかないという倫理《りんり》的決断が、ここでは語られているのである。

『春琴抄』はこのように、つねに読む者を挑発《ちょうはつ》してやまない。それはまさに畏怖《いふ》すべき書物として、われわれの前に存在しているのである。

付記

一、本書本文の底本には、『谷崎潤一郎全集』第十三巻（一九八二〈昭和五十七〉年、中央公論社刊）を用いました。

二、本書本文中には、今日の人権意識に照らして、不適当な表現が用いられていますが、原文の歴史性を考慮してそのままとしました。

三、本書本文の表記は、このシリーズ現代口語文作品の表記の方針に従って、次のようにしました。

(一) 仮名遣いは、「現代仮名遣い」とする。ただし、古典および文語文からの引用部分については、底本どおり「歴史的仮名遣い」のままとする。

(二) 送り仮名は、現行の「送り仮名の付け方」によることを原則とする。

(三) 底本の仮名表記の語を漢字表記には改めない。

(四) 使用漢字の範囲は、常用漢字をゆるやかな目安とするが、仮名書きにすると意味のとりにくくなる漢語、および固有名詞・専門用語・動植物名は例外とする。

(五) 底本の漢字表記の語のうち、仮名表記に改めても原文を損なうおそれが少ないと判断されるものは、平仮名表記に改める。
① 極端な、あて字・熟字訓のたぐい。（ただし、作者の意図的な表記法、作品の特徴的表記法は除く。）
② 接続詞・指示代名詞・連体詞・副詞
(六) 使用漢字の字体は、常用漢字および人名漢字についてはいわゆる新字体を用い、他の漢字については、康熙字典体を用いることを原則とする。
(七) 段落の冒頭は一字下げる。（底本の原文では、一字下げを行っていない。）
(八) 読者の便宜のため、次のような原則で、読み仮名をつける。
① 小学校で学習する漢字の音訓以外の漢字の読み方には、すべて読み仮名をつける。
② 読み仮名は、見開きページごとに初出の箇所につける。ただし、主要な登場人物の名前については、章・節の初出箇所につける。

《監　修》
浅井　清　（お茶の水女子大学名誉教授）
黒井千次　（作家・日本文芸家協会理事長）

《資料提供》
日本近代文学館・芦屋市谷崎潤一郎記念館

春琴抄《しゅんきんしょう》・蘆刈《あしかり》　読んでおきたい日本の名作

2003年10月22日　初版第1刷発行

著　者　谷崎《たにざき》　潤一郎《じゅんいちろう》
発行者　小林　一光
発行所　教育出版株式会社
〒101-0051　東京都千代田区神田神保町2-10
電話　(03)3238-6965　FAX　(03)3238-6999
URL　http://www.kyoiku-shuppan.co.jp/

ISBN 4-316-80038-8　C0393
Printed in Japan　印刷：神谷印刷　製本：上島製本
●落丁・乱丁本はお取替いたします。